Brefs récits pour une longue histoire

Roger Grenier

長い物語のためのいくつかの短いお話

ロジェ・グルニエ　　宮下志朗 訳

白水社

長い物語のためのいくつかの短いお話

Roger GRENIER : BREFS RÉCITS POUR UNE LONGUE HISTOIRE

わたしは自分のことを三人称で語るのが好きだ。
そのほうが都合がよい。

A・O・バルナブース

目次

装丁　仁木順平

ブロッケン現象

気象庁で働くベルナール・グラモンは、ブラジルでの調査の派遣願いを出していたものの、オーヴェルニュ地方のピュイ・ド・ドーム山頂〔標高一四六四メートル〕の気象台へ行くよう命じられた。だが、クレルモン＝フェラン〔ピュイ・ド・ドーム山から十数キロの中心都市〕に、知人などひとりもいなかった。荷物をまとめていると、同僚が、自分にはいとこがいてクレルモン＝フェランの国土整備局で働いているのだけれど、なかなかいい感じの男なんだ、知り合いができるまでのあいだ、きみから会いに行ったらと、紙切れに住所をさっと書いてくれた。いとこの名前はクリストフ・メリといった。

オーヴェルニュ地方の古い火山の山頂にある気象観測所までクレルモン＝フェランから通《かよ》って、グレゴワール＝ド＝トゥール通りに借りた狭いアパルトマンに帰宅するために、ベルナール・グラモンはスクーターを買った。二、三週間もすると、この新しい仕事にも慣れ始めて、毎日の往復がむしろ楽しくなってきた。山頂の風や雲、それに年に百四十日は氷点下になる厳しい寒さと、クレルモン＝フェラン中心部の温暖な気候との強烈なコントラストを、彼は毎日、体感していた。この激しいコントラストは、彼を不快にするどころか、逆に楽しませてくれたのだ。ここにやってきたのは九月だった。はたして冬がどのようなものなのか、この目で確かめる日を心待ちにしていた。ここでは、ときとして気候が逆転することも見られると、いわれていた。町の中心部ジョード広場が零下なのに、山頂が暖かいことがあるという。

　数週間かけて、新たな環境に適応したものの、同僚たちは人付き合いもよくなかったし、仕事を離れて付き合いたい人間もいなかったから、彼は退屈し始めた。スクーターが最高の相棒だった。そこで、クリストフ・メリに電話してみた。静かな声で、ゆっくり話す男だった。ある晩、アペリティフでも飲みに来ないかと誘われた。クリストフ・メリは、大学やルコック庭園に近い、ジェルゴヴィア大通りのモダンな建物の四階に住んでいた。優に居間の半分を占めているグランドピアノ以外には、なにも特別なものはなかった。クリストフ・メリは、来客に〈スーズ〉〔黄色いハーブリキュール〕を勧めると、このアペリティフはカンタル県〔ピュイ・ド・ドーム県の南隣り〕の山地で採れるリンドウ《ジャンシアーヌ》の根から作るんだと説明した。

　ありふれたやりとりをしただけなのに、おたがいのあいだに共感が、友情とまではいかなくても、ほとんどそれに近い感情が生まれるのを二人は感じた。グラモンのほうが活発で、メリは静かだった。話すことはあまりなかったが、いっしょに〈スーズ〉をちびりちびりと飲んでいるだけで、二人とも心地よかった。

こうして一時間ほど経ったころ、ドアが開く音が聞こえた。金髪の大柄な女性が現れた。気品があると同時に、どこかやつれた感じに見受けられた。彼女はハンドバッグを、肘掛け椅子にぽんと置いた。ベルナール・グラモンが立ち上がろうとすると、クリストフ・メリが、「イングリッド、ぼくの妻だ」といった。

ベルナールは、「結婚しているとはいってくれなかったじゃないか」といった。

「いう暇がなかったものでね」

「結婚指輪をしていないね」

「関節症なんだ。指の関節が腫れてしまうんだよ、まったく」

ベルナール・グラモンは帰ろうと思った。アペリティフを飲みに来ただけだし、細君に、招かれざる客と思われたくなかった。ところが逆に、この不意の訪問が彼女は気に入ったらしかった。こうして結局、三人でレストランに夕食に行くことになった。

「すぐ近くなんだ」、メリがいった。「店構えはさえないけど、きっと気に入ると思うよ」

ベルナール・グラモンは、自分が美食家でもなければ健啖家でもないことは黙っていた。本当は食べ物など、どうでもいいことなのだった。

それでも、夕食は楽しかった。クリストフ・メリは口数が少なかったから、その妻が、会話が途切れて座が白けないように気を配っていた。その点では、ベルナール・グラモンも負けていなかった。そして、つい最近知ったばかりの科学トピックに話題をふった。ピュイ・ド・ドーム山に関係していたからだ。

「どうやら、あそこの山頂では、とても奇妙な視覚現象が発生するらしいのです。〈ブロッケンの妖怪〉とも呼ばれているのですけど」

「あなたは幽霊を信じていらっしゃるの？」と、イングリッドがいった。

「いいえ、ブロッケンというのはですね、ドイツのザクセン地方、ハルツ山地の最高峰〔標高一一四二メートル〕の名前です。人々が勝手に、ヴァルプルギスの夜〔四月三十日夜から翌日〕にそこで魔女たちの集会がおこなわれるものと思いこんだのですよ。でも、本当は、稀に起こる科学的現象なのですけどね。この現象は、ブロッケン山で初めて確認されました。特殊な山岳地形が必要条件です。ところが、この現象がなんと、われらがピュイ・ド・ドーム山でも発生するのです。太陽を背中にして、雲海を正面にしていると、あなたの影が雲に映し出されますよ。この影が近くにあれば、霧のなかに自分の輪郭をはっきり見分けることができますし、ときには、奇蹟的なことに、あなたの輪郭が、さまざまな色彩をした何重もの後光に包まれたりします。なんだか、こむずかしい話になりましたね」

イングリッドが、そんなことはないというように、こういった。

「〈ブロッケンの妖怪〉とやらを見に、連れて行ってくださいません？　色がついているんですよね？」

「ぼく自身は、まだ見たことがないのです」

「でも、わたしは痩せすぎてるから、うまく行きそうもないわね」

こうして最初の食事会が終わると、ベルナール・グラモンは自分が勘定を支払うといった。メリ夫妻は、それは困るといったものの、そういうことならば、近々、夕食に招待しますからといった。大した料理も作れませんけど、イングリッドがあらかじめ言い訳をした。

こうして三人はすぐに親しくなった。メリ夫妻の家で夜を過ごしているとき、ベルナール・グラモンには、イングリッドがときおり見せる表情が気になった。心ここにあらずといった感じで、ふとした拍子に、悲しみにみちた眼差しを投げるのだ。はたしてだれに訴えかけているのだろうか？　ベルナールにだろうか？　それとも、別のだれかにだろうか？　それから、夕バコに火を付けるのだった。

ベルナールはやがて、なんとも場所ふさぎなグランドピアノの存在理由を説明してもらうことができた。

「ぼくたちを結びつけたのが、このピアノなんだよ」、夫がいった。「たまたま、二人ともピアノを弾いていたんだ、もちろん趣味でね。いまではピアノの連弾をとても楽しんでいる」

ベルナールはさっそく、ぜひ連弾を聴いてみたいといった。

「とんでもないわ。まったくプライベートなことなので」と、イングリッドがはっきりと断った。

ベルナールは、それ以上強くは頼まなかった。「なるほど、連弾とはね……」、彼は思った。三人で過ごす晩には、間を持たせる話として、ブロッケン現象が何度も話題になった。

「ぼくは発見しました」、グラモンはいった。「スタンダールは、軍属の臨時補佐官としてドイツにいたときに、ブロッケン山に登っているんです。たしか、一八〇七年の七月のことだったと思います。もっとも、妖怪やらの話は出てきませんけどね。でも、彼は犬を買って、ブロッケンと名づけています」

クリストフ・メリが仕事で、カンタル県に数日間の予定で出張した。ベルナールはイングリッドを訪ねずにはいられなかった。これまで毎回、帰る時に別れの挨拶をして、本来ならば単なる習慣であるべき軽いキスを交わしながら、彼は、いまにも取り返しのつかないことになりそうな予感がしていた。

彼女はとんでもないことを考えていた。ピュイ・ド・ドームの山頂に連れて行ってほしい、そうすれば、たぶんブロッケン現象が見られるというのだ。そして、こうつけ加えた。

「わたしたち二人の影が、それもカラーで」

ベルナールがイングリッドを迎えに来ると、彼女はすでに、ウエストをベルトでぎゅっと締めたレインコートを着ていた。《霧の波止場》[1]のミシェル・モルガンさながらであった。ところが、ヘルメットがないことに彼は気づいた。ヘルメットをかぶらずにスクーターに乗せて、連れて行くのは無理だ。最初の四つ角で、すぐ警官に捕まるに決まっている。彼女は泣き出した。彼は彼女をだきしめると、やがてキスを浴びせた。そして、取り返しのつかないことが起こってしまった。彼と別れるときに、彼女はこういった。

「わたしたち、とても不幸なことになるのよね」

彼はなにか文学からの引用かなと思った。どこかで読んだような気がしたのだ。

こうして二人の密やかな関係が始まったのだが、それはつらく、罪悪感を伴う関係でもあった。イングリッドの夫は、なにか気づいているのだろうか？　その気配は少しもなかった。三人での夕食と歓談がいつもどおりに展開された。クリストフの細君が、ベルナールの心を動かした、あの苦悩の眼差しを投げることはもはやなかった。彼女は退屈しているようだった。ときには、ベルナールが引き上げないうちに、自室に入ってしまうこともあった。

こうした状況が、およそ一年半続いた。二人の関係は、冷えたとはいわないまでも、もはや熱いものとはいえなかった。ある晩、いつもと同じように、ベルナール・グラモンは山を下りて、ジェルゴヴィア通りでスクーターを止めた。クリストフ・メリは一人だった。イングリッドは出かけていた。例によって〈スーズ〉のグラスを傾けながら、クリストフがベルナールに近況を説明した。いつもと変わらず静かに落ち着いた調子で、妻に愛人ができて、ポワチエで暮らすために、その男について行ったと告げた。そして、そのまじめな様子をくずすことなく、「新しい愛人にね」とつけ加えた。

ベルナール・グラモンは、自分の顔が赤らむのを感じた。どうすれば、赤くなるのを止められるのだろうか？

口調を変えることもなく、いつもどおりの少しゆっくりした話し方で、メリは、家を出て行くときにイングリッドが日記を置いていったんだ、あるいは忘れていったのかもしれないがといって、こういい添えた。

「当然ながら、きみたち二人のあいだでなにがあったかも、詳しく書き留めてあった……」

ベルナールは、自分もいなくなるしかないなと思った。けれどもクリストフは、今後もベルナールと付き合いたい、夜はうちに来て、いっしょに〈スーズ〉を飲んでほしいんだ、というのだった。

ベルナールはゆっくりと時間をかけてグラスを飲み干すと、おもむろに聞いてみた。

「きみは気づいていたのかい?」

「ひょっとしてと思ったことも、なくはないかな。いや、ちがうな。気づいていたとは思わない」

こうしてまた、二人は以前の習慣に立ち戻った。静かで、少しばかり退屈だけれども、心安らぐ夜のひとときがまた始まった。二人の男はあまり言葉は交わさず、もの思いにふけるようにして、酒を飲み、タバコを吹かしていた。実際は、大したことなど考えてはいなかった。イングリッドのことも、いっさい話題にならなかった。つとめて、彼女の名前を出さないようにしていた。

こうして二年が過ぎた。ある晩、ふだんよりも口ごもるようにして、クリストフ・メリがこうはっきり口にした。

「きみに話すことがあるんだ（二人は最後まで、「おれ」「おまえ」で話すことができなかった）。ぼくは新しい女性と出会ったんだ。ルイーズという名前なんだけどね。これからいっしょに暮らして、まずまちがいなく結婚すると思う」

「それはうれしいね」、ベルナールは答えた。

だが、クリストフ・メリの話はまだ終わっていなかった。

「ぼくは彼女を愛しているから、最初の妻のようなことが起こってほしくないんだよ」

「当然だろうね」

「つまり、きみとのあいだで、という意味なんだがね」

「ぼくとだって？」

「したがって、ぼくたちの関係は終わるべきなんだ。今後は、わが家には来ないでくれたまえ。非常に残念ではあるけれど。必要不可欠の予防措置なんだ」

ベルナール・グラモンは立ち上がった。扉を閉める前に、クリストフ・メリがもうひとこと、こういった。

「悪く思わないでくれたまえ」

1　一九三八年。監督マルセル・カルネ、脚本マルセル・カルネ、ジャック・プレヴェール。ジャン・ギャバン、ミシェル・モルガン主演。

ある受刑者

老人は不意に昔の思い出に襲われることが、ますます頻繁になった。すっかり忘れていた過去の映像やエピソードが、なんの理由も説明もなしに、突然、現在のなかに侵入してくる。まるで、時間がしゃっくりやげっぷをするかのようなのだ。青春時代や子供時代のものまで、昔のひとこまをひょっこり追体験する。とはいえ、そこには大きな違いがあった。すでに経験された過去で、なにも変えようがないのだ。

とりわけ夜中の三時頃、どうにも寝つけない時間に、よく起こった。決して楽しくはない思い出ばかりだ。彼の無意識は、なぜ、アルプス山頂の雪のなかでの美しい一日を再生してくれないのか？　思わず涙した、すばらしいコンサートを返してくれないのか？　あるいは、自分が恋した女の子との熱愛の瞬間を。いや、そうではなくても、せめてその姿かたち、瞳、ほほえみなど、その娘《こ》の幻影なりとも、返してくれてもいいのに。

一人きりなのがいけないのか。役人を定年退職して、数年前からやもめ暮らしで、友だちも少ないし、外出もあまりしない。家事は、口数の少ないフィリピン人がしてくれる。娘が一人いたけれどブラジル人と結婚、ブラジル南東部のミナスジェライス州に行ったきり、戻ってこない。年に一度、新年のあいさつで短い電話を寄こすだけだった。

これまで、こうした生き方になじんできた。「人付き合いが悪いからな」、時々そう思う。それを悔やんだり、あるいは喜んだりしながら、たいていは運命だとあきらめて、この事実を認めている。なにしろ、ケータイも持たないし、家に留守電もないのだ。

ならば、これらの思い出の数々は、忘却の淵からあふれだす好ましからざるものごとは、彼になにを望んでいるのだろうか。

たとえばこんなつらい思い出がある。十六歳の彼の相棒は、小麦色の毛がふさふさした大型の猟犬だった。彼が思い出すのは、ボールで遊んだこととか、愛犬がすぐそばに寝そべって甘えたひとときではなかった。物思いにふけるような、それはそれは優しい眼差しの犬だった。ある日、自転車に乗って相棒を散歩させようという取返しのつかないアイデアを思いついた。田園地帯を十五キロも走りまくろうというのだ。愛犬は、彼の横を全速力で走ってくれた。彼はすっかりのんきにかまえて、それがごく自然なことだと思い、犬ののどが渇いたとか、疲れたとか思いもしなかった。その晩、犬は死んでいた。心臓が破裂したのだ。

この記憶を追体験しながら、彼の現在の心が、「おまえがあの犬を殺した」というのだった。薄給の下級官吏であったから、戦争中は空腹をかかえて、とても貧しく、ぎりぎりの暮らしを強いられた。同僚の若者が——「友人」とまではいえない——、自分はユダヤ人で、肝を冷やしながら毎日をすごすのはうんざりだから、スペインに越境すると打ち明けた。手を貸してほしいと頼まれた。相続した金のブレスレットを売ってきてくれないかというのだ。売れれば逃亡資金になるけれど、疑り深い宝石商のところに自分で行く度胸はない、密告されるリスクが大きすぎるという。彼は頼みを引き受けた。自分のもののようにブレスレットをはめると、慎重にいくつかの店をまわって買値を探った。この危険な企てが、彼を興奮させていた。そして、最高価格を提示した店で売った。だが、彼はとても貧しく、最低限のものにも事欠いていたので、同僚に全額を渡さなかった。嘘をついて、ほんの少しだけ自分のものにしたのだ。同僚が心から感謝したから、とてもつらかった。

そしていま、こう思う。「あれから彼は無事に目的地に着いたのだろうか？　スペインにたどり着いて、それからイギリスに渡れたのだろうか？　無事に終戦を迎えられたのだろうか？」と。フランスの解放後、この逃亡者が姿を現すのを待ちかまえたが、むだだった。自分がネコババしたというか、はっきりいえば盗んだ些細な金額が足りずに、そのせいで命を失ったかもしれない。

四十近くなって、若い女と不倫関係におちた。アンリエットという名の、黒い髪をした、痩せっぽちで、内気でおとなしい女性だった。すごく美形というのではなかったが、いじらしさに惹かれた。だが、二人の関係は、彼女に幸福よりも悲しみをもたらしたようだ。しょっちゅう涙を流しては、「いいことなんかないわ。だって、あなたは絶対にわたしのものにならないんだもの」というのだった。

その日は、仕事のあとで一時間だけ彼女に会いに行く予定だった。プレ＝サン＝ジェルヴェ〔パリ北東、十九区の外側〕の小さなワンルームである。ところが、その日の朝オフィスに行くと、自分宛の郵便物のなかに一通の手紙を見つけた。アンリエットは、わたしはもうダメ、これ以上あなたに迷惑をかけたくないのというのだった。

「わたしの家に来ても、あなたは時計を見ずにはいられないのよね。わたしの家にいても、決してわたしたちの家にはならないのよ。仕方がないわ、わたしはこの場所を永久に立ち去ることにします」

そして彼女は、二人がしあわせだったホテルで最後の一晩を過ごすつもりだと告げていた。

その場所で彼のことを思い、いつも感じていた愛を思い、翌朝目覚めないために必要な手はずを整えてから、眠りにつくのだろう。彼にはよくわかっていた。

アンリエットがこの忌まわしいプランを実行するのを、どうすれば防げるのか。そもそも、二人がしあわせだったというのは、どのホテルのことだろう？　いくつもあるのに。じっとしていられず、記憶をたどって、ホテルのリストを作り始めた。目の前の紙切れに、どうにか五つの名前を書きつけた。でも夜になったら、パリ中をどうやってまわればいいのか？　とにかく自宅に帰るとしよう。牢獄のようなところだが、「夫婦の住まい」に帰ろう。警察にも知らせようか？　それはとりもなおさず、このおそろしい権力に自分の秘密を打ち明けることじゃないか。それに、警察はなんらかの行為ゆえに動き出すのであって、意図や予謀では腰を上げないものだ。こう思い直すと、彼はアンリエットを呪い、心のなかで気違い女めとののしった。

自宅の夕食には、トマトのポタージュ、刻みパセリをかけたハム、ヨーグルト、フルーツ（オレンジが一個）が出た。テレビを見ながら、夕刊を読んだものの、なにが書かれているのかも、なにが映っているのかもわからなかった。寝床に入ったが、横にいる妻は、夫が「あすになれば、パリのどこかのホテルで客室係が女の死体を見つけるんだ」と考えていることなど、夢にも思わない。でも、アンリエットはこの計画をやめたかもしれないぞ。いや、どうなのだろう？

その後、彼女からの連絡はなにもなかった。結果はあきらかだった。

一時間ほど眠れなくて、アンリエットの姿が不意に立ち現れたとき、彼は「向かい火」を付けてこれを消そうとしてみた。だが、ほかの女たちは記憶から姿を消していた。名前さえ思い出せなかった。口元のかたち、肩の曲線、くつろいだしぐさ、エロチックなポーズやわいせつなことばなどを思い出そうとしてがんばったもののだめだった。音楽を手がかりにすればいいとも考えた。なんという名前だったっけ、ブロンドで、青白い顔の女といっしょに、シューマンのピアノ曲集《謝肉祭》〔全二十一曲〕をよく聴いた。〈キアリーナ〉〔作曲家の妻クララのイタリア風の愛称〕というタイトルの曲になると、いつもかならず、彼女のグレーの瞳は涙におおわれるのだった。このひとときを、深く愛した彼女のことを思い出すために、彼は〈キアリーナ〉を何度もかけて聴いてみた。心のなかで特別な場所を占めているこの曲なら、昔の感動を彼に取り戻してくれるにちがいない。結局、ほんの少しは取り戻せたのだが、肝心の彼女はどうなのか。彼の最高の経験も永久に失われてしまうのだろうか？

これとは逆に、愛犬、ブレスレット、アンリエットなど、過去の怪しげな瞬間が、いまやたえず、老人の記憶に立ち現れるのだった――まるで、彼を愚弄するかのように。

しばらくすると、彼はそうした思い出を新たな方法で受け入れ始めた。最初は、これらは悪しき思い出にすぎず、長い間の沈黙をやぶって、自分を絶えず攻めたてているのだと考えた。その次に、悪しき思い出は後悔の気持ちに変化した。そしてついに、的確かつ激しい非難・告発が、後悔に取って代わったのだ。彼に対する法廷が立ち上げられた。彼はその検事であり、裁判官であり、被告人なのでもあった。とはいえ、弁護人が欠けていた。

それぞれの思い出に関して、検事が最高刑を求刑した。審理の終わりに、裁判官が論告に同意して、死刑を宣告した。

老人はこれまでずっと自殺には反対だった。というよりも、自殺を心の病の結果だと思っていた。長いプロセスの果てにせよ、瞬間的な錯乱であるにせよ、いつでも精神がおかしくなったせいだと考えてきたし、そうした哀れな人間に同情していた。自制心を失ったことを示すような方法で人生を終わらせようなどと、一瞬たりとも思ったはずがなかった。だから、アンリエットのことを考えるとき、彼女を救えなかったという後悔の念には、いくぶんか、彼女がしたことへの軽蔑が混ざっていた。要するに、自殺願望などいささかもなかった。ところが、ことはまったく反対であって、心のなかの裁判官が彼に死刑を宣告したのであった。

彼は裁判官にして被告人であったから、次の行動に移る必要があった。自分は死刑執行人にして死刑囚なのかもしれない。こうした考えを長いこと頭のなかで検討したあげく、これが決定的なものとなった。法律用語でいうなら、それが確定判決なのだった。そしてある朝、コーヒーをいれ、パンをトーストすると、「今日、決行しよう」と決めた。

二枚のパンにオレンジ・マーマレードを塗る。子供時代の勝手な思いこみから抜け出せない。ジャムの王国では、オレンジ・マーマレードがもっとも高貴で、上品で、貴族的な存在という感覚だ。たぶん、家で全然そのジャムを食べていなかったから、こう思うのだ。死んだ妻も、オレンジ・マーマレードは買ったりしなかった。朝食を終えると、瓶にはこの黄金色をした、とても美味なマーマレードが三分の一ほど残っていた。彼はほっとため息をついた。コーヒーカップ、スプーン、ナイフを洗って、マーマレードを棚に戻した。その手がほんの一瞬空中にとまって、別れのしぐさを示した。そして仕事にとりかかった。

この世におさらばする際の通常の方法については、すでに検討を終えていた。ガスは時代遅れだし、危険で、建物全体を吹き飛ばしかねない。薬は、しくじらないという保証がない。ロのなかに拳銃をぶっぱなすといっても、あまり食欲をそそらない。窓から飛び降りるのは？通行人の頭上に落っこちて、一人のせいで二人死ぬおそれがある。セーヌ河に入水するのはどうだろう？　そんなことといっても、おまえは海水浴だって嫌いじゃないか！　残るは首吊り自殺である。一方では、それは酒びたりの老人とか、納屋の梁《はり》からぶら下がっているどん百姓などを連想させるかもしれない。だが、縊死《いし》には英国的な側面もある。よし、首吊りで行こう。とても英国式《ソー・ブリティッシュ》じゃないか！[1] オレンジ・マーマレードみたいに！

すでに、二重カーテンのロープを調べてあったのだが、あらためてもう一度点検した。頑丈だった。窓の前のテーブルを押して、壁にぴたりと付けようとした。力を入れてもカーペットがじゃまして、テーブルの脚がうまく動かなかったが、なんとかなった。それから、椅子を使って、テーブルの上に上ろうとした。ところが、椅子に乗るだけでひと苦労だった。片足を椅子に乗せたものの、もう片方を床から離して、ぽんと椅子の上に立つのがうまくいかない。年をとるとこんな目にあうとは、思ってもいなかった。ようやく、椅子の背にかじりつくようにして、上に立つことができた。そこからテーブルに上るのは簡単だった。しかし、バランスを保つのに苦労した。平衡感覚も、老いとともに失われていくものの一つだ。それでも、つま先で背伸びして、なんとかカーテンのロープをちょうどいい具合に切った。もう少しで、あお向けに落ちるところだった。こうやって高い場所から見ると、通りの光景もちがっていた。歩道は狭く見えた。正面の建物の窓が近くなったように思えたが、さして関心をひかないことに変わりなかった。見るべきものなどなにもなかった。夜になると、それぞれの窓に明かりが付き、そして消える。ときどき、人影がちらっと見える。それだけのことだ。なんと退屈な通りなんだろう！　彼は腹ばいになって、なんとかテーブルから下りた。いわば地上に帰還したのだ。それから、ロープを結んで輪にした。さて、ロープをどこにかけようか？　寝室はとても狭くて、ベッドがほとんどを占めていた。浴室は問題外だ。バスタブと洗面台とビデのあいだに、体をすべり込ませるのがやっとなのだ。台所は台所と呼べるような代物ではなく、キチネットというのがいいところ。あとは居間があるだけだ。ロープをかけられる唯一の場所は、天井近くを通っているセントラル・ヒーティングの配管だけだった。ただし、引っかける場所があまりに壁に近すぎるのが不満ともいえた。これだと、首を吊った人間、すなわち彼自身が仕切り壁にぴたりと付いたままになりかねない。縊死した人間は、ふつうは部屋のまんなかで揺れているものだ。

彼はテーブルをもう一度押して椅子に近づけて、上ると、背伸びをした。必死にがんばったが、配管にロープを渡すことができない。また床に下りて、洋服ダンスの奥からヴァイオリン・ケースを取り出した。若い頃に、ヴァイオリンを習っていたのだ。ところが、思いがけぬ災難が起こった。信じがたいへまをして、ヴァイオリンを踏んで壊してしまったのだ。もう一台買うことはせず、音楽をあきらめたのだった。その後ヴァイオリン・ケースは、道具類を並べるのに使った。ボルト、釘、フックなどのなかに、大きなフックが残っていたような気がした。ネジ式ではなくて、くさびみたいに、かなづちで打ちこむ方式のやつだ。どこかに行ってしまったのかなと思ったけれど、昔、ロジン〔弦楽器の弓に塗る松ヤニ〕を入れていた小さな仕切りの蓋を取ると、そのフックが見つかった。じっくりと確かめて、これなら大丈夫だと思った。壁が固すぎたり、あるいは逆にもろすぎたりしなければいいのだが。ペンチとかなづちを手につかんだ。ケースを閉じているときに、彼の心にまた新たな告発が生まれた。ヴァイオリンを壊したなんて、犯罪的じゃないか！　彼はとっさに、「わざとやったのではありません」と応じた。でも、そこからどうもおかしくなったんだよなと、ひとりごちた。

　部屋には絵が一枚だけ飾ってあった。といっても、だれか印象派の画家が描いたヒナゲシ畑の複製画にすぎない。彼はこの複製画を外した。テーブルと椅子を動かして、三度目のつらい登攀《とうはん》を試みた。ペンチで絵をかけていた小さなフックを引き抜くと、かなづちを使って大きなフックを打ちこんだ。壁の塗料がまわりに散らばった。でも、いまさら損害もくそもない。ロープを引っかけた。しっかりと架かっているように思われた。むろんモンフォーコンの絞首台[2]ではないけれど、これで目的は果たせそうだ。

　テーブルは元の場所にもどしたが、部屋の片隅に雑巾のようにころがっているカーペットは無視した。それから椅子を、ロープの真下にしっかりと置いた。

はたしてだれが、死んだわたしを見つけるのだろう？　まずまちがいなくフィリピン人の家政婦だな、かわいそうに。彼女には悪いけれど仕方ない。おわびのしるしに、紙幣も硬貨もとりまぜて現金を封筒に入れた。

登攀のせいで目がまわり、足も痛くなって、肘掛け椅子でしばし休息した。両親から引き継いだ家具だった。ずいぶん古くなって、グレーの布地がすり切れていた。突然、この肘掛け椅子が愛犬のお気に入りの場所だったことを思い出した。愛犬ブラックが、肘掛けのところに頭をちょこんと置くしぐさを思い浮かべた。あの忠犬が、彼の第一の罪状となった。いつの間にか、イヴェット・ギルベール[3]の古いシャンソンを口ずさんでいた。

　ある青年が、サン＝ジェルマンの森で
　首を吊ったところです……〔「首吊り男」〕

またしても、自分の無意識にしてやられた。まったく、趣味が悪いったらない！

いよいよ時間だ。ぐずぐずしていると、肘掛け椅子で眠ってしまいそうなことぐらい、自分でもわかっていた。先に輪がついたロープが、「なにを待っているんだ？」とせっついているように思われた。ヒナゲシ畑の代わりにロープがあった。かつての戦争では、銃弾が命中した兵士たちがヒナゲシ畑に倒れこみ、花の色と、彼らの真っ赤な血、ズボンの赤が混じり合ったのだ。絵がないと、この部屋のわびしさは一目瞭然だ。棚には、五、六冊の本と並んで、いくつかの置物があるだけで、淋しいかぎり。自分を過去と結びつけるものが、あまりに少なすぎる。いちばん分厚い本は『パリの秘密』〔ウージェーヌ・シューの長大な新聞連載小説（一八四二―一八四三）〕、挿絵入りの分冊を合本した当時の版で、ずっと前から、ときどき読み返している大長編だ。ロドルフ〔大公〕、フルール＝ド＝マリー〔ロドルフの私生児、乞食や娼婦を経験する〕、ラ・シュリヌール〔浮浪児〕といった登場人物よ……。

夜まで待とうか？　それは無意味だ。あすの夜明けはどうだろう。処刑はいつだって朝方に執行されるじゃないか。でも、まず眠れないし、不安のうちにひと晩待つ気にはなれない。

彼はおもむろに立ち上がった。年をとると、ほんの少しの動きでもなんとつらいことか！　黄色い模様の入った青いネクタイをはずし、ワイシャツのボタンもいくつかはずした。が、忘れていたことを不意に思い出した。彼はきちんと段取りをふんだ処刑を望んでいたのである。処刑前には、タバコを一服して、ラム酒を一杯飲む儀式があるはずだ。もっともタバコはすわないから、これはなしでいい。それに、家にはラム酒がない。グラン・マルニエ〔オレンジのリキュール〕

が、瓶の底に少し残っているだけだ。以前、妻がクレープを作るときに使っていたものだ。そんなものに興味はなかったし、大体、アルコールが抜けてしまっているに決まっている。よし、タバコもラム酒もなしで行こう。

さあ、いよいよ時間だ。椅子をしかるべき位置に置いた。これで四度目、大変な苦労をして上った。ロープがちょうどいい高さにある。それを首にかけた。

まだ少しのあいだ、彼の頭は働いていた。のみならず、新たな省察のとっかかりが姿を現した。事実は動かしようがないものの、それらが新たな角度で立ち現れた。彼の審理において、それまでは不在だった弁護人が登場したのである。重罪裁判所では当然のことだが、検事のあとで弁護人が発言する。的確な弁論術により、疑問を投げかけた。死刑判決とは、まったくなんたることでしょう。こんなものは、まったくの思いつきか、妄想にすぎませんよ。たぶん心臓病が持病で、遅かれ早かれ心不全を起こしたはずの老犬のことで、有罪だなんて。やっと戦争から帰還したのに、彼のことなど忘れてしまった、恩知らずな同僚の件で有罪ですって？二人で以前ひとときを過ごしたホテルに身を隠して、あるいは、そのふりをして、あなたの心を動揺させようとした、愚かな女の件で死刑ですって？　人の心をもてあそぶ悪い女じゃないですか。こうして弁護人は、それぞれの罪を小さく見積もったというか、裁判用語でいうならば、その情状を酌量したのだった。

老人は、待てよと、自問し始めた。あれこれ思いを巡らせてきたけれど、すべて絵空事、死にたい気持ちをだまくらかす手立て、自殺にほどほどの仮面をかけるための方便だったのではないのかと。そうだよ、それに決まってるぞ！　まったく！　あやうく自殺という罠にはまるところだった！　彼はそっとロープの輪をゆるめて、首から抜こうとした。ところがその瞬間、入口のベルが鳴った。何日間もずっと訪問者などなかったのに、どうしてこんなときに！　急に体を動かしたせいでバランスを失って、足下の椅子がかたむいた。あごのところが引っかかった。口のなかで入れ歯がはずれて、引っかかり、息がつまった。彼は両手でロープをぎゅっとつかんで、はずそうとした。思いきり力を入れた。なんとかロープをはずしたものの、あおむけに落下した。頭がガツンと放熱器にぶつかった。頸椎をやられたかな、彼は思った。また、しつこくベルが鳴った。自分が生きているのか、死ぬことになるのか、そこまでの意識はほとんどなかった。

訪問者たちはきびすを返すと、階段から上の階にのぼっていく。「エホバの証人」の二人で、来世のいのちを信じなさいと戸別訪問しているのだった。

1　英国に死刑制度があった頃、それが絞首刑であったことを連想しているのか。

2　その昔、パリの城壁の外の丘にあった巨大な絞首台。現在は十区、サン＝マルタン運河の近く。

3　一八六五―一九四四。「ベル・エポック」の時代に人気を博した歌手で、ロートレックが多くのスケッチを残している。

マティニョン

青年オリヴィエ・マルキは勉強はあまりできなかった。バカロレアを受けたが落ちた。再受験しても見込みうすで、留年してもむだだった。そんなとき、たまたま、好みに合う仕事を見つけた。マセナ大通り〔パリ十三区〕のポルト・ディタリー近くにある自転車販売・修理店の見習いである。戦時中、それもドイツ占領下の日々にあっては、暇そうにだらだらしているよりましだ。みんなが、あっという間にどこかのドイツの工場に強制労働送りになったりしていたのだ。オリヴィエは、折れたスポークを取り替えたり、チェーンを外したり、変速ギアを調整したり、パンクしたタイヤチューブを直したりと、作業場でせっせと働いた。かと思えば、使い走りもした。パリのあちこちや、ときには近郊にまで、部品を取りに行かされるのだ。もちろん自転車で行くのである。彼は、十三区のクルールバルブ通り〔「ゴブラン織り製作所」の近く〕の建物で管理人をしている、両親のところに相変わらず住んでいた。中庭の物置小屋に、自分の寝室を持っていたのだ。同僚もほとんどいなかったし、恋人などいるはずがない。うまく立ち回って、いつの日か恋人のひとりでも見つかるかどうかも怪しかった。毎晩おとなしく帰宅しては、小屋の脇の庇《ひさし》に付けたフックに自転車を架けるのだった。

ときどき、四十代だろうか、痩せて小柄だが顔が大きくて、頭がうすくなりかけた男が、自転車でやって来た。世話好きなのか疑い深いのか、自分でもわからないものの、オリヴィエは小屋から出て行って、男が自転車をフックに架けるのを手伝ってやった。ことばはほとんど交わさなかった。オリヴィエは相変わらず口べただったし、男も警戒していた。そそくさと階段に駆けこむと、屋根裏部屋に向かうのだった。とはいえ、毎晩帰ってくるわけではなかった。オリヴィエは男の名前も知らなかったのだが、さほど好奇心旺盛とはいえないこの若者の目からも、どこか謎めいた人間に見えた。管理人である両親も、男のことはほとんど知らなかった。小柄なその男には郵便物も来なかったし、本人によれば、部屋を貸してもらったが、貸主も又借りらしい。

それでも何週間か経つと、自転車に乗る二人のあいだには、すこしずつ会話が始まった。うしろのタイヤの空気が少し抜けているようだといって、オリヴィエは部屋から空気入れを持ってきたりした。しばらくして、一九四四年六月六日、連合軍によるノルマンディ上陸の知らせがもたらされると、オリヴィエはこのときとばかりに、大きな声で興奮をあらわにした。すると相手の男は、小さな声で話したほうがいい、用心しないといけない、敵がまだいるから最後まで油断は禁物だといった。その後も、会うとすぐに、連合軍の進撃の様子や、間近な「フランス解放」が話題になった。

「そんなにすぐではないと思うよ。われわれにはすべきことがまだあるんだ」

「われわれだって？」

痩せた小男はそれきり黙ってしまった。

六月、そして七月がすぎた。八月初旬のある日、夜になって男が帰って来ると、自転車をしまいもせず、中庭にいた。両親と食事中のオリヴィエは、たぶんぼくを待っているんだと思って、出ていった。

「頼みたいことがある。慎重を要することだが、きみなら信用できそうだから」

こういうと、小柄な男は説明した。自転車での使い走りというオリヴィエの仕事に目をつけたのだという。それならば、あちらこちらに行ったり来たりできる。自分直属の連絡員もひとりいるのだが、ことは急を要するので、助けが必要になった。きみなら、パリ中を走り回れるから、ここはひとつ伝言をことづかってくれないか、危険はほとんどない。人に会って渡す必要はない。住所を教えるから、そこにちょっとした手紙を置いてきてほしいというのだった。

相手のはげあがった額を見ながら、オリヴィエはいった。

「では、あなたは要職にあるんですね?」

「まあ、そういえなくもない。肝心なのは、なにも書かないこと、メモもだめだ。住所は覚えてほしいのだが」

こういうと、男は不安そうにたずねた。

「きみは記憶力いいのかい?」

こういって彼は、親しげに話してきた。記憶力か……高校でのオリヴィエは、『ル・シッド』〔コルネイユの韻文悲喜劇、一六三七年〕の一節だって暗唱できなかったのだ。

「戦争の前は、サッカーの試合の結果とか、とくにトゥール・ド・フランスのエースたちの名前なんか、すらすらいえましたよ。アンドレ・ルデュック、アントナン・マーニュ、ヌヴォラーリ、スペシェール……」

「ヌヴォラーリはカーレーサーだろ」

「すみません、ラペビーです。カーレーサーも知ってますよ、エタンスラン、シロン、シキ」

「バトリング・シキはボクサーだぞ」[1]

「ヴァルツィのまちがいです」

こうして青年は、ジョエルに頼まれた任務をいくつか果たした。ジョエルという名前をやっと知ったのだが、これも戦時の変名だろう。任務といっても数回だけ、パリ解放まで何日もなかった。

八月十九日、パリ市民の蜂起が始まった。市街戦となり、働きに行くなどとんでもない話だった。オリヴィエはなにもせずに家にいて、漫然とジョエルを待っていた。案の定、宵の口に小男が戻って来た。オリヴィエは走るようにして、彼のところに行った。

「ぼくはすぐ行かないと。きみに指示を出しに来たんだ。われわれのグループは〈オテル・マティニョン〉[2]を占拠せよとの命令を受けたんだ。あすの朝、夜明けにね。きみには、今晩は用事はない。あすの朝、ぼくたちに合流してくれ」

「あまり眠れそうにないですね」

「もちろん、武器なんか持ってないよな」

「ええ、ありません」

「ならば、用意しておくから」

こうしてオリヴィエが仰天するようなことをいうと、ジョエルは自転車で立ち去った。

実際、彼はなかなか寝つけなかった。ところが、はっと目を覚ますと、もう八時になっていた。こざっぱりした白いワイシャツを着てから、管理人室に行って代用コーヒーをカップ一杯飲んで、ビスケットをかじった。あちこちで銃声がしているのに、外出するなんてダメよと、心配した母親がいう。急ぎの使いなんだ、本当に、待ったなしなんだよ、ちゃんと注意するから。こういって、彼は出発した。めざすはマティニョンだ！

自転車に乗った若者はゴブラン大通りに出ると、クロード・ベルナール通りを左に見てモンジュ通りに入り、モーベール広場まで行った。ところがその先から、ことは複雑になった。ドイツ軍がオートバイやサイドカーのみならず、戦車も使って、サン＝ジェルマン大通りをパトロールしているのだ。すきを見て通りを渡り、セーヌ河岸に出た。銃弾の音が聞こえる。セーヌ河沿いを西に走り、サン＝ミシェル大通りのところまで着いた。通りのあちこちに、バリケードが築かれていた。サン＝ミシェル橋を渡って、シャトレに行くべきだろうか？　だが結局、このまま河岸を進んで、一つ先のポン＝ヌフ橋まで行くことにした。ドイツ軍のオートバイとすれ違うと、後ろの兵士が軽機関銃をかまえていた。怪訝《けげん》そうな顔で見られて、こわくなった。橋の上に出た。馬上のアンリ四世が守護神のように思えた。右岸だ！　サマリテーヌ百貨店の横をリヴォリ通りまで走った。この広い通りは危険だぞ。路地伝いにいったほうがよさそうだ。

中央市場《レ・アール》の界隈に進入すると、死んだように静まりかえっていた。やがてルーヴル通りに出て、これを渡り、ヴィクトワール広場まで着いた。広場では、威厳にみちたルイ十四世が彼を迎えた。王の指先が、オリヴィエの任務の方向を指し示しているように思えた。プティ＝シャン通りに入った。理想的なルートを見つけたぞ、彼は自分を祝福した。かのドイツ国防軍《ヴェアマハト》も、このあたりには来てはいないぞ。界隈には人影もない。オペラ大通りを渡るのに、少しばかり苦労したものの、サン＝ロック通りのあたりは、またしてもしんとしていた。じっと様子をうかがってから、サン＝トノレ通りに入った。右側のヴァンドーム広場、ラ・ペ通り方向に曲がるのは、危ないと思った。それにしても、平和《ラ・ペ》通りとは皮肉な名前だ！　彼はデュフォ通りを選んだ。でも、コンコルド広場とかシャンゼリゼを避けるには、どうしたらいいのだろう？　マドレーヌ教会の背後のシュレーヌ通り、カンバセレス通りなどを迂回することに決めた。通りの名前を全部は知らなかったけれど。

　パンティエーヴル通りを走っていると、とある四つ角の左に「マティニョン大通り」というプレートが読めた。ドンピシャじゃないか、よくやったぞ！　時計を見ると、九時少しすぎだった。

　ジョエルは、ちょっと大げさな調子で、「われわれは〈オテル・マティニョン〉を占拠せよとの命令を受けたんだ」とのたまっていた。その建物はどこにあるのだろう？　番地は教わらなかった。

　オリヴィエは、ゆっくり自転車をこぎながら大通りを下ってみたものの、シャンゼリゼ大通りに出てしまい、めざす建物はなかった。

　何度か、マティニョン大通りを上ったり下ったりして、そのつどフォーブール＝サン＝トノレ通りを横切った。そういえば戦争の前、祝日には、両親が奮発して食卓に「サン＝トノレ・ケーキ」を出してくれたっけ。オリヴィエにとって、それは贅沢さの象徴だった——キャラメルをからめた丸い生地に、クレーム・シャンティイが乗っていた。やっと建物を見つけた。だが、それは〈オテル・マティニョン〉ではなく、〈エリゼ＝マティニョン〉だった。おまけに、その建物はマティニョン大通りではなくて、ポンテュー通りに入ったところにあった。[3]ジョエルの奴、最初からもっと詳しく教えてくれればよかったのに！

　彼は自転車を下りると木の柵につないだ。そして建物に入っていった。ロビーは静かで、人の気配がない。ドアマンが姿を現した。

「ジョエルを探してるんですが」

「ジョエルなにさんですか？」

「ジョエルは、上司なんです」

ドアマンはなにがなんだかわからず、ホテルはしーんと静まりかえっている。むろん、観光客が出歩くような日ではないのだ。

「たぶんぼくの勘違いです。ジョエルは、たしかにオテル・マティニョンといってたんですが」

オリヴィエは外に出ると、自転車を柵から外して、手で押しながらマティニョン大通りを見てまわった。全然、見つからない。ジョエルとその仲間に、なにか悪いことでも起こったのではと考えて、思わず身震いした。そんなことは信じたくなくて、もう一度同じ道のりをたどってみた。すると、三十メートルほどの長さの私道を見つけた。幅が狭いので、最初に通ったときは気がつかなかったのだ。中庭に出るはずだと思い、入っていった。中庭の奥には、三階建てのモダンな建物があり、「オテル・ムーブレ（家具付きホテル）」と表示されている。自転車をつなぐ場所を探していると、大通りに戻ってしまった。で、もう一度、その私道に入っていくと、一人のドイツ軍兵士が建物から出てくるのが見えた。ドイツ兵は急ぎ足で、すれちがいざま、オリヴィエにぶつかりそうになった。そのとき、かなり肉付きのいい五十歳代ほどの女が、玄関に出て来た。オリヴィエはいった。

「ドイツ兵を見ましたよね?」

「大丈夫よ。あの人は武官で、ここの常連さんなの……ところで、なんのご用事?」

「ジョエルを探しています」

「ジョエルですって?」

「上司です。ぼくたちのグループと共に、建物を占拠する手筈なんです」

「建物の占拠ですって?」

どうすればいいか困って、肥った女がこういった。

「こっちにいらっしゃい、坊や。なにをいってるんだか、さっぱりよ。調べてみるわ」

女に付いていくと、受付の裏の小さな応接間に案内された。そこでひとり残されたが、彼女が「シャルロット!」と呼んでいるのが聞こえてきた。返事がなさそうで、今度は「アルメル!」と呼ぶ声が聞こえた。オリヴィエはソファに座った。壁には複製画が飾られていた。昔の衣装をまとった若者が庭にいて、窓辺には若い女がいる。ロメオとジュリエットだろうか?モノクロの版画も二枚、架かっていた。一枚はモン=サン=ミシェルの風景で、別の壁にはムーラン・ド・ラ・ギャレット〔モンマルトルの丘の風車だが、ルノワールの画でも知られるダンスホールでもある〕が飾ってあったが、あの画家のではなくて、モンマルトルの丘の風景で、羽ばたいているような古い風車が描かれていた。

やがて、肥った女が、化粧着姿の女を引き連れて戻ってきた。そのうしろに、もうひとり、同じく化粧着姿の女がいた。ひとりが、ぼそぼそいった。

「あんた、わたしたちを何時に起こすつもりなの?」

二人は、冷たい目つきでオリヴィエをにらみつけた。彼は、ジョエルとその仲間を探していると、もう一度いった。

「わかったわ」、文句屋の赤毛女がいった。化粧もきちんと落としてなくて、マスカラがこびりついている。「あんたたち〈フィフィ〉〔FFIのくずれた形で、占領下の抵抗組織のこと〕でしょ。わたしたちを丸刈りしに来たのね。〈フィフィ〉は、かわいそうな女たちの髪の毛を丸刈りにするみたいよね[4]」

こういうと、女は化粧着の、むちむちした尻のあたりのしわをととのえた。

今度はオリヴィエが答えた。なにがなんだかわからないけれど、けっしてそういう人間ではないのです。ぼくの知るかぎり、だれもあなたたちを恨んでなんかいませんよ、またしても、建物をまちがえたみたいですね。ニコッと笑って、彼は「では、失礼します」といった。

「驚かせないでよ」、二人目の女、シャルロットだかアルメルだか知らないが、いずれにしても、偽のブロンド女がいった。

赤毛の女が、肥った女にいった。

「この男、ずいぶん若いと思わない？」

そしてオリヴィエにじかに聞いた。

「あんた、いくつなの？」

「十八歳です」

三人の女たちは顔を見合わせると、あらためてオリヴィエをじっと見つめてから、たがいに目くばせした。しばらくのあいだ、三人はなにやら考えこんでいるようだった。赤毛女が、こうつぶやいた。

「ねえ、この男の子、まだだと思わない？」

そして、若者に向かっていった。

「あんた、けっこういい感じよ。女の子にもてるんじゃないの。恋人はいるの？」

彼は、首を左右に振った。

「いないの？　それは驚きね。ひょっとして、あなたまだなのかしら？」

オリヴィエには、この問いを理解できた自信はなくて、肩をすくめるしかなかった。赤毛女が叫ぶようにいった。

「そうに決まってるじゃない。そうなんだから！」

アルメルとシャルロットが言い争いになった。偽のブロンドが赤毛になにかを頼み、拝み倒すようにしていった。

「わかるでしょ、福の神なのよ。わたし、このところずっと不運続きだから、験《げん》がよさそうだわ」

もめているあいだ、肥った女はどちらの味方もしなかった。せいぜい、「あんたたちで、なんとかしなさいよ」というだけだった。ついに赤毛女が譲った。偽ブロンドの女がオリヴィエの手をとってソファから立ち上がらせると、彼を二階に連れて行った。

こうしてオリヴィエは童貞を失ったのだった。彼は自分の人生のなかで、この瞬間をいつでも「オテル・マティニョンの解放」と呼んでいる。

1　現在のセネガルに生まれた黒人ボクサー（一八九七－一九二五）。一九二二年、パリでタイトルマッチを観戦したヘミングウェイが『日はまた昇る』でデフォルメして活用している。
2　七区、セーヌ左岸ヴァレンヌ通りにある「首相官邸」。「パリ占領下」ではヴィシー政権の中枢機関として機能。ところが、「マティニョン大通り」が、右岸シャンゼリゼ大通りの北側にあるから、混乱しやすい。オリヴィエもその口なのである。

3　ちなみに、現在も同名のホテルがポンテュー通り三番地にある。

4　パリ解放後、ドイツ軍兵士と関係があった女性たちは、髪を丸刈りにされて、通りを引き回されたりした。当時のニュース映画などに、その映像が残っている。

チェロ奏者

「きらめく光……それから夜！」（ボードレール〔『悪の華』「通り／すがりの女に」〕）

レオ・ルファックは音楽家である。白髪交じりの口ひげをたっぷりとたくわえて、中背で、やや太りぎみの体型、なによりも背中に、ずいぶんとかさばる荷物を背負っている——青い布製の楽器ケースにチェロを入れていたのだ——、その姿は、オペラ座からラ・ファイエット通りの界隈ではおなじみだった。彼はこの界隈に住んで、チェロの個人教授などもしていた。ただし、イタリアン大通りにあるカフェ・レストランの楽団で働くことで主たる生計を立てていた。八人のメンバーを統率する馬づらのグルゴリが、白くなった長髪を振り乱しながら、指揮棒を激しく振る。店は月曜日は休みだったが、それ以外は毎晩、六時から十二時まで楽団は舞台に出た。

十二時になると、スローなワルツやブルースなど、物憂げな音楽の最後の音も消えていく。もはや、遅くまでねばる客たちを元気づけるような時間ではない。指揮者グルゴリの白いたてがみも、うなじのところまで静かに垂れ下がる。楽団員たちは唯一の相棒たる楽器をかかえて思い思いの方角に、ばらばらに散っていくのだった。彼らのあいだには、友情など存在しなかった。少しでも給料がよければ、だれもが、すぐにこの楽団を離れて、自分の才能を別のところに売り込むつもりでいた。チェロと弓をしまったケースを背中にかつぐと、レオ・ルファックは徒歩で帰路についた。ノートル＝ダム＝ド＝ロレット通りの、古くはないものの、モダンともいえない建物の五階、二部屋のアパルトマンに一人で住んでいた。グラン・ブールヴァールから横に入り、エルデール通りやラフィット通りを抜けていけば、あとは、はてしなく長いラ・ファイエット通りをほんの数ブロック上るだけで、帰宅できるのだった。

もっとも、たまには気分を変えたいこともあるから、そんなときは回り道をした。けれども彼は、オペラ座前の広場だけは通らないようにしていた。オペラ座の建物を見ると、名声を誇るオーケストラ〔パリ・オペラ座管弦楽団〕の団員になれなかったことを思い出して、今でも胸がしめつけられるのだ。これでも、コンセルヴァトワールで賞まで取っているのだ。

そして彼の足どりは、むしろ反対方向に向かうのだった。とりわけ、娼婦たちがホテルの前に立って客を引くプロヴァンス通りを上っていくことが多かった。そうしたとき、彼はふと思う。そういえば、「囲われ女」たちは、この界隈の名[1]にちなんで、早くも一八三〇年には「ロレット」と呼ばれていたんだ。もっとも、「ロレット」は金持ちに囲われていたというから、社会階層からいえば、いまこの通りを闊歩している不幸な女たちよりも、はるかに上のクラスだけど。

レオ・ルファックはひとり暮らしで身寄りもなかった。兄弟も姉妹もいないし、遠縁の者との付き合いもない。結婚の経験もなかった。自分でも、内気で無愛想だと認めている。恋に落ちたこともなかった。というか、その昔の青春時代に、生まれ故郷のアルザス地方で、そのようなことがなくもなかったのだけれど、すぐだめになった。いまでは、自分の音楽家人生での挫折を分かち合うことを一人の女に強要するなど、とても考えられなかった。あるいは、もっと自己中心的にいえば、自分が味わった幻滅に加えて、自分の伴侶の表情にも、この幻滅の反映を読みとるのがこわかったのだ。絶対だれにも打ち明けまいとは思っていたが、ルファックは内心では、自分をヨハネス・ブラームスと重ね合わせていた。ハンブルク出身というこの北方の男は、おそらくクララ・シューマンに惚れていたのだが、とにかく売春宿によく出入りしていた。ブラームスも俺も、若き日のニーチェなどとはちがうんだぞと、彼は思っていた。作曲もするこの哲学者は、ケルンで、レストランに入るつもりで娼館のサロンに入ってしまい、短いスカートのいかがわしい女たち五、六人に囲まれた。いささか狼狽したニーチェであったが、ふと、一同のなかで、唯一、魂をそなえた存在である一台のピアノがあることに気づくと、さっと駆けよって和音をいくつか弾いてから、逃げ出したという。このエピソードは、ルファックをとても喜ばせた。でも、彼の真のドイツ人の友人、それはブラームスだった。ひとり、アパルトマンでブラームスの《チェロとピアノのためのソナタ、ホ短調》第一楽章のさわりを、自分のために弾くこともよくあった——もちろん、ピアノなしで。これが彼の個人的な讃歌なのだった。

娼婦たちは、ずっと前から、彼のことは目に留めていた。「あの男ったら、いったい何を持ち歩いているのかしら？　死体かなんかじゃないわよね？」などと、からかわれることもあった。しょっちゅうではないけれど、彼もたまには客になった。梅毒はほぼ制圧され、エイズはまだ登場していない、良き時代だった。娼婦たちも、アジアやアフリカの女ではなく、ヨーロッパの女だった。おそらくは大多数が、モンパルナス駅から降りたってまもないブルターニュ出身の女たちであった。

はたして彼女たちには、「ヒモ」のような男がいるのだろうか？　疑問に思ってはいたが、界隈で「ヒモ」らしき男の姿など見かけなかったから、女たちにもあえて聞きはしなかった。とにかく、ふところ具合が許すならば、ときどきは、なんの心配もなしにちょっとした快楽を自分に奮発して、やむにやまれぬ欲望を満たすことができた。この道の作法は熟知していた。ホテルで金を支払い、がたのきた階段をのぼって部屋に入って、部屋の片隅に愛用のチェロをそっと置いてから、決められた料金を女に渡す。そのときに、女たちが「わたしへの心付け」と呼んでいるチップを少しだけ上乗せしてやる。「ショート」の値段は、いつも、ほぼまともな食事一回分で、あたかも双方の金額が相互にスライドしているかのようだった。ことが終わると、「きみ、ぼく」で、お定まりの会話を少しばかり交わしてから、チェロというかさばる相棒を抱えて、階段を下りていくのである。

通りには、若い女もいれば、年増女もいたし、美形もいれば、そうでないのもいた。夜、カフェ・レストランで演奏していて、美人で魅力的なものごしの客を見かけて、どきっとした後だと、その女性の顔やスタイル、しぐさや笑い方などを必死に思い出しては、通りに立っている女と比べてみるのだった。もっとも、内気だったから、最高の女たちを、彼が「夜の女王たち」と名づけた女たちを相手に選ぶ勇気はなかった。たまたま通りがかったといった感じで、女たちの前を行ったり来たりするだけで、一人一人をじっと見つめたりすることもなかった。

ののしられたりするのがこわかった。そして、結局はごく平凡な女を選ぶのである。あるいはまた、「夜の女王」の一人に興奮をかき立てられて、格下の女と遊ぶ決心がつかずに、まるで愛用のチェロが積み荷の石かなんかになったみたいに、重い足どりでもって帰宅することもある。そんなとき、楽器ケースのストラップが痛いほど肩に食い込むのだった。

こうした心の動きが自分でもわかっていて、彼は自嘲気味にもなった。

この女にしようと決めて付いていき、とんでもない経験というか、なんだか不気味な経験をすることもたまにある。たとえば、陽気で、きびきびした感じの大柄な女に、ぐっと手をつかまれて、連れて行かれたことがあった。ホテルのフロントで、おかみに金を支払って狭い階段を上って部屋のドアを閉めて、「心付け」も渡してと、そこまではいつもどおりにことは進んだ。ところが、いざ女が服を脱ぐと、下にはなにも、本当になにひとつ身につけていなかった。しかも、骸骨みたいにがりがりなのだった! それでもダンスらしきことはした。「さあ、おいでよ! ぐずぐずしてないで、脱ぎなったら!」、女が誘った。彼は、「今夜は、なんだかおかしいんだ。どうも調子がよくなくてね」といった。けれども、女は、さあ早くとしつこかった。突然、彼の頭のなかで、カミーユ・サン＝サーンスの交響詩《死の舞踏》の最初の何小節かが鳴り響いた。

ある夏の晩だった。街は閑散としていた。ヴァカンスが始まったばかりだ。彼は、背が高くてスタイルの良い女とホテルにしけこんだ。その顔に好感を覚えた。女は、「パリで最後の夜なのよ」といった、毎年、夏は南フランスのセート〔モンペリエ南方の港町。詩人ヴァレリーの生地。カジノもある〕で過ごす習慣だという。あるバーで商売させてくれて、パリよりもお客がたくさん見つかるだろうし、昼間は、浜辺で稼ぐのだという。こちらに背中を向けて、ベッドの端に座っている女を見ていると、女性をチェロに変身させたマン・レイの有名な写真〔《アングルのヴァイオリン》のこと〕を思い出した。肩、背中、ウエスト、腰、お尻の曲線が、マン・レイの写真に似ているのだ。二人は、静かに、彼女のいうところでは「だらだらと」、セックスにとりかかった。急に、女が興奮した。「まだダメ。わたしも……」、女がいった。だが、彼はこらえきれなかった。願ってもないチャンスを逃してしまった！　娼婦をイカせるという、昔からの夢を実現する機会だったのに！

楽団員たちは、その晩の演奏が終わると、楽器を片づけて、楽譜をしまう。「でも、楽譜なんか、あっても仕方がない」と、チェロ奏者は思った。いつも同じ曲を演奏するから、暗譜してるじゃないか。そして、ときおり、ひょっとすると自分も、ヴェネツィアで楽器奏者として働いていて、観光客のために生涯ヴィヴァルディの《四季》を演奏している身だったかもしれないと想像しては、思わずぞっとするのだった。《四季》だけを演奏する、それも毎日、死ぬまでずっとだぞ！　ステージが片づけられると、楽団員たちはロッカールームに行って衣装を着替える。舞台では、赤い毛織りのジャケットを着て（夏には、同じ赤でも、半袖のベストになった）、いつも白い蝶ネクタイをつけているのだ。そんなある晩、赤いサテンのフロックコートを着て、バンドリーダーの貫禄を見せつけているグルゴリが、「どいつもこいつも、だれていて、活気がないぞ。うわの空で演奏しているじゃないか」と、楽団員をどやしつけた。店のオーナーもこのことに気づいているし、直接のライバルである、となりのカフェ・レストランでは、少し前から、女性の楽団、それもジプシーの楽団が出演していて、大いに人気を博しているから、いま、気合いをいれないと大変なことになるというのだ。そして、ルファックを名指しで叱りつけた。

「レオ、おまえときたら、チェロを抱えて眠っているじゃないか。なんだか、いまにもチェロといっしょに、いびきでもかきそうだぞ。それにだな、口ひげは剃ったほうがいい。じじむさいからな」

指揮者のグルゴリには、怒ったときや、音楽がクライマックスに達して腕を大きく振るときに、寄り目をする癖があって、その気むずかしそうな顔が、なんともこっけいな表情に変じるのだった。

楽団員が無言のまま店を去る頃には、ボーイたちが椅子やテーブルの片づけにかかっていた。ルファックの足どりは、ふだんにもまして重かった。リーダーのグルゴリにとがめられ、深く傷ついた彼は、まっすぐ帰宅する気分になれず、いつのまにか、その足は街娼が立つ界隈へと向かっていた。

プロヴァンス通りと〈シテ・ダンタン〉〔通りの南側にある集合住宅の名称〕の角のあたりで、悲しげな様子の若いブロンド女に気づいた。初めて見る顔だなと、思った。女の前を通りすぎてから、さらに十メートルばかり歩いた。客待ちしている娼婦たちのグループを数える単位にしたならば、四つ分数えたことになりそうだ。それから引き返した。若いブロンド女は、まだそこにいた。女に近づいて声をかけた。二人は〈シテ・ダンタン〉の敷地に入っていった。ここの私道を抜けるとラ・ファイエット通りの側に行けて、そこを曲がればプロヴァンス通りに戻れる。彼女が客を連れ込むホテルは、〈シテ・ダンタン〉にあった。終始、優しくて親切な女だった。けれども、いちばん驚いたのは、ほとんどの娼婦とは異なり、彼女がくちびるを拒まなかったことだ。彼が、大きな口ひげ、ボスのグルゴリにじじむさいといわれた口ひげをたくわえた口を突き出すと、彼女はキスを受け入れて、まるで恋人にするかのように、キスを返してくれた。

翌日は、かなり遅く目が覚めた。最初に思ったのは、あの親切なブロンド女のことで、少ししてから、グルゴリに叱責されたことを思い出した。夜、仕事が終わったら、彼女を探しに行ってみようと決心したが、よく考えたら今日は月曜日で、店は休みだった。

その日の午後は、カデ通りとシャトーダン通りと、二つの個人レッスンが入っていた。それが終わると自宅に戻り、オムレツと缶詰のグリンピースで夕食をとった。ほかの日ならば、カフェ・レストランで、演奏のあいだの休憩時間に、楽団員には軽い食事が出るのだ。それから、ラ・ファイエット通りの映画館に行った。監督ルキーノ・ヴィスコンティ、主演アリダ・ヴァッリの《夏の嵐》〔一九五四〕が上映されていた。フェニーチェ劇場のまばゆい光のなかで、華々しく映画が始まると、彼はもっぱらアントン・ブルックナーの音楽〔《交響曲七番》〕に聴き入り、映画のストーリーを追いかけようとはしなかった。彼にとっては、音楽が、感情や感動の推進力なのである。ライトモチーフとして、ブルックナーの音楽が繰り返されるたびに、前日の若い女の記憶が呼び覚まされた。映画が終わったら、すぐ彼女とまた会おうと、心に誓っていた。けれども、期待は完全にうらぎられた。彼女はいなかったのだ。彼女もたぶん月曜日は休みなんだと、彼は思った。

火曜日、カフェ・レストランの自分のポジションに戻って、考えごとというか、たったひとつのことだけを思いながら、夜のあいだずっと演奏した。仕事が終わって、急いで帰ろうとすると、サックス奏者のドナルド・アンジェルから、シャンゼリゼのナイトクラブに行かないかと誘われた。

「いいか、一杯やるだけじゃないんだぜ。仕事にありつけるかもしれない。いま、交渉中なんだよ。おまえだって、グルゴリにはうんざりだろ？」

だが、人々と会う約束があるといって、グルゴリはことわり、さっさといなくなるのを見ると、ドナルド・アンジェルは啞然として、「変な野郎だな、まったく」といった。

足どりを速めながら、ルファックは自分は変人だろうかと自問した。けれども、この疑問も、もうひとつのもっと悩ましい問題のせいで、消し飛んだ。彼女がいなかったのである。彼は、となりの通りはもちろんのこと、あたりをくまなく探してみた。何度も行ったり来たりするものだから、立ちんぼしている娼婦たちも不安げだ。なかには、こわがる女もいた。彼女たちが、あれこれ小言をいっているのが聞こえた。偏執狂じゃないかと話しているのだった。今度は、彼が、女たちのことをこわくなった。娼婦たちはどうやら、彼のことを、犠牲者を物色している殺人鬼かなんかのように思っているのだった。彼は帰宅した。

彼女が働く時間を変更した可能性もある。見つけるにはどうすればいいのか？　リーダーのグルゴリに、自分が病気だと知らせることにした。気管支炎になったと話そうとしたのだが、信憑性を増すには、あまり聞いたことがない病名を選ぶほうがいい。関節リューマチあたりがよさそうだ。指がどうにも動かせなくて、おまけに、背中がすごく痛いんです、とか。ぎっくり腰もいいかもしれない。座骨神経痛とか、椎間板がぎくぎく痛くてとかいうのも悪くないぞ。いや、やっぱり、あまり細かなことはいわずに、背中が痛くてとだけにしよう。それで十分だろう。

こうして、若い女を午後も夕方も探しまくったものの、くたびれもうけだった。思い切って、女たちに尋ねてみたが、彼の説明では少しもわかってもらえなかった。なにしろルファックは、女の名前さえ知らないのだ。女たちに怪しまれぬよう、「ほら、ぼくは、いつもチェロを背負って通るだろ。休暇中なんだ」と付け加えておいた。

その翌日は雨が降っていた。娼婦たちの多くが客引きをあきらめていたし、彼も、どうせ今晩は見つかるまいと思った。二日間、続けて雨が降った。次の日に、探索を再開できたが、やはりダメだった。ずいぶんためらったあげく、彼女に連れて行かれた〈シテ・ダンタン〉のホテルに入ってみた。口ごもりながら説明すると、ホテルのおかみにいわれた。「だれが上がって、だれが下りてきたなんて、気をつけているとでも思っているのかい？　ブロンドの可愛い子だって？　どの子のことだい？　わたしは見てなんかいないからね」。男女のカップルが入ってきた。じゃましてすまないといって、引き下がるしかなかった。

完全に希望が失われた。それでも、これで最後にしようと、もう一晩だけ探索に捧げた。ところが、この晩、警察が地区の一斉手入れをしたのである。あたりはパニック状態となった。娼婦も客たちも、蜘蛛《くも》の子を散らすように逃げたものの、まもなく捕まって、護送車に乗せられた。レオ・ルファックもそのなかにいた。護送車は、捕まえた連中を、すぐ近くのショーシャ通りの警察署で下ろした。留置場に詰めこまれて、何時間も待たされた。ようやく、尋問の番がきた。身分証明書をしげしげと眺めながら、少しばかり気の利いたことでもいってやろうとして、警官がこう聞いた。

「あなた、音楽家じゃないか。なんの楽器を？」

「チェロです」

「これからは、「おれはヴァイオリンだってやったことあるんだぞ」〔ヴァイオリンは隠語で「留置所」の意味〕といえるんじゃないの」

音楽家はなにも答えなかった。警官には、彼が泣いているのが見えた。

明け方、レオは釈放された。彼は探索をあきらめた。そればかりか、以後、プロヴァンス通りとその界隈を避けるようになった。とはいえ、くちびるを捧げてくれた、少しばかり悲しげな若い女のことを決して忘れはしなかった。彼女のために、つねに心のなかに場所をひとつとっておいた。彼女のおかげで、彼はたぶん、愛というものを発見したのである。

1　近くの教会の名称から、Quartier Notre-Dame-de-Lorette と呼ばれていた。

動物園としての世界

モーリス・ヴェルビエにとっては、どうも出だしがよろしくなかった。両親が地方都市に小さな書店を持っていたものだから、生まれたときから、いずれは自分がそこで人生を送ることが決まっていた。やがて両親は彼に店を譲って引退し、ほどなく死ぬことになるのだが、ちょうどその頃、巨大なライバルが市の中心部に出現した。四フロアーの売り場を擁する、デパートまがいの大きな書店だ。小規模な書店はたちゆかなくなって、次々と消えていった。自分の本屋が閉店を余儀なくされた日、モーリス・ヴェルビエは、両親はすでに他界しているから、生きがいであったものの崩壊を見なくてすんだと思って、みずからを慰めた。とはいえ、結婚していて、ちいさな子供が二人いることが、この状況をとても暗いものにしていた。なにしろ、妻が気むずかしい性格で――どうして彼女と結婚する気になったのか、彼にも解せなかった――、あなたは落ちこぼれよと、彼を非難し始めたのだ。

ところがである。モーリス・ヴェルビエを不幸に陥れた巨大書店が、思いやりから、彼を売り場主任として雇ってくれたのだ。人文書の売り場に配属された。むしろ文学や詩の売り場のほうが好ましかったけれど、学生たちの相手ができるのはうれしいじゃないかと思い直した。若くて陽気な客たちだし、美人もけっこういた。

とはいえ、マンモス書店では、いいことずくめというわけにはいかない。経営戦略本部が任命したこわい支店長が、上司として君臨していた。この経営戦略本部なる神話的な組織は、さらに神話的な多国籍投資会社の傘下にあった。もっとさかのぼっていくならば、父祖たる神にまで達しかねない。いずれにせよ、支店長のルノー・フルリはワンマンで気まぐれ、人のいうことなどは聞かず、嘆願や要求には耳をかさない独裁者なのだった。書店スタッフは彼におびえ、はげしく嫌っていた。

ある日、モーリス・ヴェルビエが赤毛の女子学生にジル・リポヴェツキー〔フランスの哲学者・社会学者（一九四四－　）〕の『つかの間なるものの帝国』〔一九八七年、副題は「近代社会における流行とその運命」〕の説明をしてやっていると、オフィスの上から二人の様子をうかがっていた支店長が、いつまで話しているんだと、腹を立てた。売り場のあちこちを監視できるように、ベンサムの「パノプティコン」さながら、ガラス張りの部屋が高い場所に置かれていたのだ。モーリスのふるまいは、女性客への情報提供ではなく、いちゃつきだというのだった。翌日、業務命令がまわってきて、彼は旅行ガイド売り場に回され、一年近く不遇をかこつこととなった。

とはいえ、こんな不運にも終わりがあるもので、ある朝、ひとつの知らせが、まるで愉快な火事かなんかのようにぱっと広がった。巨大書店とその運命をつかさどっている謎の権力者たちが、おっかないルノー・フルリを解任して、どこかに左遷したのである。犠牲者たちは、彼の徒刑場送りを、地獄落ちを願ってはいたものの、後釜がもっとひどかったら、どうすればいいのか？

書店員たちは正直なところ、新任のロラン・スーヴェストルについて、どう考えればいいのかわからなかった。あの残忍な前任者だって、見た目はひ弱な感じなのだった。今度の上司は大柄でがっしりしていて、あごが張っていた。もの柔らかなだけで、なれなれしい態度は見せない。裏でなにを考えているのかわからない。ところがなんと、神秘の親和力でも働いたのか、彼は旅行ガイド売り場のさえない男に共感を抱いたのだ。モーリスも同じ気持ちでむくいた。おたがいの共感は友情へと変わった。二人とも同じ地区に住んでいて、バスはいやで、少しばかり歩くことを好んでいたから、閉店時間になると、いっしょに帰ることもけっこうあった。

道中の会話をとおして、モーリス・ヴェルビエは、ロラン・スーヴェストルが四十二歳、自分が三十五歳と、相手が年長で、二十歳の娘がいる既婚者だと知った。妻と娘の知的能力をあまり認めていないと、はっきり口にした。こうした蔑視が、家族にかぎった話ではないことが、ヴェルビエにはわかった。どういうことかといえば、ロラン・スーヴェストルは、世界を動物園のように考えていたのだ。人間という変な動物たちに起こることはすべて、彼からすると、喜劇の題材にすぎなかった。知っている人間や、新聞などで話題となった人間についての、こっけいなネタを新たな友人モーリスに話すとき、くっくっくっくっと声がうわずった。それが彼の笑い方だった。

彼はもちろん、モーリスをガイド本売り場に埋もれさせておかなかった。アシスタントが必要だとして、自分のデスクの近くに座らせたのだ。喜ばしき決定だった。なにしろ、二人は職場でも、町歩きでも、じつに馬が合ったのである。

書店では、定期的に研修生を採用していたが、たいていは高等教育を修了した若い女性だった。三か月みっちり実習させて、その後は「ありがとうマドモワゼル、ではお次の方に」となる。研修生は三か月間、欠員とか、増員の必要といった事情に応じて、売り場から売り場へと移動する。研修の初日、研修生は人事の女性マネージャーのところに顔を出す。その後、書店のなかを案内してから持ち場につかせるのが、モーリスの担当だった。彼の新たな職務の一部である。

新人の研修生が来たから対応してくださいと、人事から電話がかかり、彼はおもむろに出向いていった。部屋に入ると、思わず立ちつくした。胸のときめきが高まっていく。なぜだろうと、思った。新米研修生のややかすれた声、ぎこちない身のこなし、どことなくモニカ・ヴィッティ[1]に似ているのだった……彼はこの女優が大好きだった。彼女の名前はエミリー・ラコサードといった。

モーリスはいつもどおりに書店内を案内したのだが、なんとなく口ごもってしまい、いいたいことも出てこなかった。

その後、二人は日に何度もすれちがい、ほほえみやことばを交わすようになった。それにしても、もしも夫婦が円満ならば、たぶん彼女にこれほど関心を払わなかったにちがいなかった。

ロラン・スーヴェストルも、この若い娘に目を付けたが、それは彼女をこけにするためだった。

「不器用な女だよな。本の山を運ばせると、かならず落とす。落ちた本を拾うとき、胸元があらわになるし、パンティーやでかい尻が見えるんだよな、まったく」

モーリス・ヴェルビエはエミリーにご執心になるにつれて、こうした発言にもさからわなくなった。やがて、この若い研修生については、モーリスとロランのあいだにある種の偽善が忍びこむようになったのを漠然と感じたが、それが日ならずしてはっきりしてきた。

その後の成り行きは、ごくありふれたものだから、詳しく述べるには及ばない。エミリーがモーリスを、狭いアパルトマンに招いた。最初の訪問で、彼女は彼の恋人となった。

こうして、嘘と隠し立ての人生が始まった――ヴェルビエの家族に対してだけではなく、書店内でも。なによりもまずいのは、大変な皮肉屋ではあるが、最良の友ロラン・スーヴェストルに、モーリスがひとことも話そうとしなかったことだ。からかわれるのをおそれていることが恥ずかしかったのだが、それは、なんでも皮肉るこの男が、彼とエミリーを、二人の恋愛を一笑に付すのは当然ではないのかと認めることでもあった。

モーリスとエミリーは「きみ・ぼく」で話していたが、別に危険はなかった。書店では、あらかじめ決められたルールもなく、親密さの度合いや状況に応じて、そのときどきで「きみ」と「あなた」が使われていたからだ。「きみ」と「あなた」の使い方には、謎の部分がある。モーリス・ヴェルビエは、相棒のロランがなにか気づいているのではと怪しむこともあった。というのも、研修終了後に、ロランはエミリーを正式に雇うことを決めたのだ。

この巨大な書店のなかで、二人の恋人がガラスドアごしに、あるいは大きな階段で相手の姿に気づくことがあると、その眼差しは乱れ、胸がドキドキした。このような瞬間、エミリーはモニカ・ヴィッティにもっとも似ていた。

時が経つとともに、若い女はいつもながらのいらだちを見せるようになった。セックスのあと、まだ抱き合っているのに、泣きじゃくるのだった。別のときには、悲しみではなく、けんか腰になったりした。

「おたがいに愛してもいないのに、いつになったら奥さんと別れる気なの？　本当のことを話してよ」

本当のこと、つまり彼がいえない事実とは、この関係をロラン・スーヴェストルに話すだけの勇気がないことだった。ロランがこういうのが聞こえるような気がするのだ。

「きみとあのぶきっちょな娘っ子がいい仲だって！　まったく、あの子のへまにはいつも笑わされるよな！」

あるいは、もっとひどいかもしれない。

モーリスは、ロランにはぜったいに秘密にすると、エミリーに誓わせていた。そればかりか、こういって彼女をおどかした。

「きみはこの会社を知らないんだ。この種のスキャンダルは社内で御法度なんだ。連中にばれたら、二人とも解雇されちまう」

あるとき、スイスのローザンヌにある共同出資の書店に、二週間の予定で派遣された。にっちもさっちもいかない状況にあって、出張すればほっと一息つけるような気がした。

十日目、湖を望むホテルで、電話に起こされた。エミリーからだった。

「すぐ帰ってちょうだい！　ロランが緊急手術を受けて、良くないの、死にそうなの！」

急性虫垂炎で手術をしたが、その後で、腹膜炎と敗血症になってしまったのだ。

モーリスはその日の午後、パリに着いた。友人は死んでいた。

新しい支店長が任命されたが、モーリス・ヴェルビエとの関係は、良くも悪くもなかった。なによりも変なのは、彼がエミリーとのことを隠したいと思い続けたことだった。あたかも、まだロラン・スーヴェストルの思惑を気にしていて、彼の嫌味たっぷりのことばを恐れているかのようだった。世界を動物園と見なしていたあの男につきまとわれていたのだ。だとしたら、ぼくはいったいなんの動物なのだろう、猿だろうか、犬なのだろうか、モーリスはひとりごちた。

ついにエミリーが愛想をつかして、彼のもとを去った。

その後、浮気のたびに——といっても、そんなに多くはないのだが——、モーリスは条件反射的に、「ロランだったら、なんていうだろう?」と思う。それから、こっちが秘密にしているんだから、ロランがなにもいうはずがないじゃないか、と考え直す。でも、たった一度だけだが、思った――「この女のことは、ロランに打ち明けてみよう」と。

1　イタリアの女優(一九三一―二〇二二)。アントニオーニ監督の《情事》《太陽はひとりぼっち》《赤い砂漠》など。

レオノール

あなたにレオノールのことをお話ししたいのです。その名前からして、エドガー・ポーを連想しますよね。「天使たちが授けたその名はレノア、たぐい稀なる輝ける少女」という、ポーの詩でもっとも有名な作品〔大鴉〕を。レノア Lenore とレオノール Léonore、母音がひとつ多いだけです。わたしはこれほど美しい創造物を見たことなどありませんでした。彼女が生きているのを眺めるだけで、幸福なのです。それにしても、レオノールのことを、どうやって説明すればいいのか？

好きなことばではないのですが、最初にすぐに思い浮かぶのは、「品のいい《ラセ》」ということば。彼女には、若きエリートならではの高貴さがありましたし、威厳も備えていました。

レオノールは背が高い、とても高いのです。黒いドレスを着て、赤いストッキングをはいている。歩き方がすばらしい。いっしょに外出すると、だれもが振り返ります。こっちがうれしくなるような反応が聞こえてきます。彼女には賛美者しかおりません。ところが、残念ながら、レオノールはほめ言葉やお世辞には本当に弱いのです。愛想のいいことをいわれると、だれにでも付いていってしまいます。わたしのことなど、すぐ忘れてしまうみたいです。わたしがそれを喜ぶわけがありませんよね。たぐい稀なる被造物なのですから、独り占めしたい、彼女に君臨したいとだれでも願うはずです。分かち合おうだなんて、だれも思うわけがない。

わたしは、レオノールがそのように振る舞った場合、愚かさゆえと思って、自分を慰めます。この上ない美しさが、同等の知性を伴うとはかぎりませんから。レオノールが少しおばかさんだと、わたしは告白します。でも、はたしてだれが、自分は完璧だと誇れますか？　それに、わたしが他者に求めるのは、優しさと親切さです。このふたつは知性にもまして稀なものでありまして、これらがなければ知性も価値はありません。レオノールには、この精神的な美点が備わっています。彼女に話しかけるとき、栗色をした、その美しい瞳のなかで輝くのは、理解したというきらめきとはかぎりません。でも、わたしはそこに常に信頼、しなやかさ、愛を見いだせると確信しています。

わが人生には、もうひとり別の存在がいるのです。部屋から部屋へと、彼女はわたしに付いてきます。わたしがオフィスから帰ると、ドアのところで待ち受けます。食卓では、私の皿の残りも平らげてくれます。彼女の愛情は、しばしば不器用に示されます。鼻先やあごで、わたしを小突き、押しのけようとします。でも、押し返すと、嘆くようにして行ってしまう。彼女のことを許しています。不器用さは生来のもので、のろまなのです。ひっくり返された置物、壊された皿やグラス、そのほか、家のなかでの災難の数々、もう数えきれません。

わたしの具合が悪いと、ベッドの足下で丸くなって寝てくれます。彼女が大好きなのは、野原に連れて行ってもらうことで、着くとすぐに、草の上を転げ回ります。眠っていて、ため息をつくのがたまに聞こえますが、たぶん、森や、牧場や、小川の夢を見ているのでしょう。パリの街のなかでも、思わず駆けだしてしまう瞬間もあります。わたしは、そんなことしちゃだめだといって、呼び戻さなければなりません。あるとき、デモに行くために、彼女を家に置き去りにしたところ、家から飛び出して、わたしに合流しようとしました。そして、十万人もの大変な雑踏のなかからわたしを見つけ出したのです。どうやって、いかなる本能に導かれたのでしょうか？　説明のしようがありません……わたしは、「ぼくのワンコ」と呼んでやりました。

あ、ひとつ言い忘れていました、誤解されたままではいけませんよね。黒いドレス〔robeには「毛色」の意味がある〕と赤いストッキング、豪奢に飾りたてたレオノールというのは、ボーストロン種[1]の牝犬なのです。そして、きわめて不器用にして、忠実で、スパニエル犬の眼差しでわたしを迎えてくれる「ぼくのワンコ」というのは、わが愛妻のことなのです。

1　元来は牧羊犬で、脚の模様から、別名「赤いストッキング bas rouge」。

ヴァンプ女優、猛獣使いの女、そして司祭のメイド

波瀾万丈のできごとの数々からすれば、これはいささかも短篇などではなく、むしろ長編なのである。小説《ロマン》なのだ。ところが小説ともいえない。なぜなら、この物語、とても有名な往年の女優の物語においては、すべてが真実なのであるから。わたしは、彼女がしてくれた話を、そのまま語りたいと思っている。忘れ去られるのは、あまりに悲しすぎる。もっとも、忘却とは、われわれの共通の運命でもあるのだが。

ロデーズ、サン＝タフリック、ミヨーなど――〈トゥールーズの屋根裏部屋〉劇団のバスは、モリエールの『タルチュフ』を出し物に、アヴェロン県〔南仏の内陸部。ロデーズが県庁、ロックフォール・チーズなどが有名〕の町や村を巡回していた。バスは、舞台装置や小道具を積んだトレーラーを引いていた。カルスト台地やタルヌ峡谷〔現在は世界自然遺産〕を越えて、でこぼこ道やつづら折れを走って行くけれど、老婦人は編み物に余念がない。毛糸で、小さな犬のお守りを編んでいるのだ。若者たちの劇団で、この婆さんは『タルチュフ』でマダム・ペルネル〔金持ちの商人オルゴンの母親〕を演じていた。ポスターには、彼女の名前がちゃんと載っている。戦前のフランス映画でもっとも有名なヴァンプ女優のひとり、あのものすごい妖婦だったジーナ・マネス[1]という名前が。

わたしは取材で、彼女に会いに来ていた。「栄光の罹災者たち」とでも名づければいいのだろうか、事故や運命のいたずらで、そのキャリアを突然中断されてしまい、世間からは忘れ去られて、ときおり、「運命の輪は回る《ラ・ルー・トゥルヌ》」というぴったりの名前を有する慈善団体〔一九五七年の設立。役者の互助が趣旨〕などのおかげで、なんとか生き延びている俳優・芸人たちのシリーズである。わたしたちは、遅くまであいているビストロでじっと待っていた——小道具係が舞台装置をトレーラーにしまうのを。わたしがジーナ・マネスについて知っていたのは、彼女の女優としてのキャリアが、尋常ではない仕方で、つまり、トラの歯のせいで台無しになったことだった。彼女は、こう回想を始めた……。

わたしはパリのサン＝タントワーヌ街〔バスチーユ広場の東側〕の家具製造人の娘でした。結婚したというか、若くて結婚させられたわ。でも、十四か月しか続かなかったし、そのあいだも、二度も実家に戻ったりしてた。

夢は芸人になることでした。女ともだちの勧めで、有名なレビュー作者のリップ〔一八八四—一九四一〕

に、「わたしは離婚歴ありの十七歳、お芝居をやりたいのです」って手紙を書いたの。

リップは、十七歳のバツイチ娘をおもしろがって、パレ＝ロワイヤル劇場に雇ってくれた。このときの出し物では、ジャン・ギャバン〔一九〇四―一九七六。父親は芸人、母親は歌手〕のお父さんが相棒だったのよ。わたしは「ブイヨンキューブ」の役をやって、歌った。「わたしはチャーミングなキュービズムの芸術家。戦争がわたしのキューブをでこぼこにした」ってね。

わたしの本名はブランシュ・ムーランなのだけど、リップが「ロマネスク」という芸名を考えたの。でも、真ん中の「マネス」だけをとったというわけ。

こうしてブールヴァールの芝居小屋で娘役のキャリアを積み始めたのだけれど、あるとき、カモ猟に招かれて、ソローニュ地方〔オルレアンの南方、ロワール河とシェール川に挟まれた地域〕に行ったの。そしたら、ボートが転覆して肺充血を起こし、ニースに静養に行くことになってしまったの。

そこで映画関係者のモーリス・ド・カロンジュ〔一八九四―一九七九。俳優、監督〕に会ったら、「ルイ・フイヤード〔一八七三―一九二五。監督・脚本家、《ファントマ》などで有名〕に会いに行け。あいつは、うぶな娘の役で困ってる。女優が産み月でね」といわれたの。ルイ・フイヤードに、不肖の娘を追い出す父親というシーンのスクリーンテストを受けさせられてから、髪の毛を脱色されたわ。その当時は、うぶな娘役はブロンドだと決まっていたから。[2]

一九二三年の映画《忠実なこころ》〔ジャン・エプスタイン監督〕では、マルセイユの港「ヴュー＝ポール」の荒れた海に、わたしの顔がオーバーラップして映し出されたわ。こうした昔の映画は、トゥールーズのシネクラブで、もう一度観ています。

わたしは「シネロマン」[3]もたくさん撮ったのよ。そして少しずつ、タフな役が回ってきた。ヴァンプとか、ファム・ファタールとかね。毎回、楽しくできたわ。

それから、今度はアベル・ガンス監督の《ナポレオン》〔一九二七〕で、ジョゼフィーヌ・ド・ボーアルネ役の依頼が来たというわけ。びっくり仰天しちゃった。

そして舞台は大転換。わたしはすべてをうち捨てて、モロッコのど田舎、カサブランカとマラケシュのあいだにある〈一二〇キロメートル〉という食堂を買い取ったの。最高だったわ。静かで、絶景が広がって、二人だけになれた〔一九二九年に、俳優のジョルジュ・シャルリアと再婚した〕。それにすばらしい料理人のモハメドもいたから、なんの心配もなかったし。

ところがある日、営業中に憲兵がモハメドを逮捕しにやってきたの。何年も前から、彼を捜してたのよね。あの人ったら、旅人たちを身ぐるみはいで殺しちゃう一味のボスだったのよ。おかげでわたしは、やっきになって料理本を調べて、なんとかひとりでやらないといけなくなった。市場が四十キロも離れていたから、大変なことよ！

そんな折に、監督ジャック・フェデール、主演フランソワーズ・ロゼ、マリー・ベル、ピエール＝リシャール・ウィルムの《外人部隊》〔一九三三〕の撮影チームが、〈一二〇キロメートル〉に立ち寄ることになったの。スタッフの前で、わたしは虚勢をはって、「この仕事が気に入ってるの」なんていってしまった。

でも、結局はパリに戻って、また女優になったわけ。

第二次大戦中の一九四三年、〈メドラノ・サーカス〉〔有名なサーカス団。現在も名称は引き継がれている〕から、「トラの檻」という出し物に出演しないかというオファーが来たの。サーカスの出し物で映画スターを目玉にすればおもしろいと、幹部が考えたのよ。わたしは、《あばずれ》〔一九三一、マルコ・ド・ガスティィヌ監督のトーキー映画〕という映画で猛獣使いの役を演じたこともあったし。でも最初はことわった。

「いやよ。だって、撮影のときに食べられそうになったんだから」とね。すると、こういうの。

「いや、危険はないから。ちゃんといっしょに本物の猛獣使いがいるから」

わたしはまだ迷っていた。でも、尻込みしてるのを見せたくなくて、高額のギャラを要求したの。そうすれば、あきらめるだろうと思って。ところが、それでいいというのだから、もう受けるしかなかったわ。

なんだかんだと遅れて、トラたちとのご対面は、ショーの六日前になってしまった。猛獣使いのスペサルディ〔有名な猛獣使い一家で、サーカス団としても活動〕が、わたしの指南役。

わたしは紙と鉛筆を持って、檻のなかに入ったわ。そして六頭のトラの名前を書き留めた。プランス、アラミス、セザール、ボンベイ、ロワイヤル、そしてラジャとね。でも、六頭が入り混じると、区別がつかないの。トラが何頭もいる、それだけよ。

トラたちは五種目の演技をすることになっていたの。最初が、檻の格子に付けた小さな台にそれぞれ上って、ぐっと立ち上がる演技。それから、橋渡り、馬跳び、燃える輪くぐりと続くの。そして最後の五番目の演技では、三頭がスツールの上でお手をするの。わたしは一頭ずつ名前を呼んで、命令することになっていた。だけど、それがプランスなのかセザールなのか、ボンベイなのかアラミスなのか、こんがらがってしまって。

第一回目の公演は、一九四三年十一月十三日金曜日。マチネの部は、無事にすんだわ。ところが、マチネと夜の部のあいだに夕立が降って、それから空襲警報が鳴った。それに、ラジオ番組の収録もしていた。ラジオの記者が、わたしのトラたちがあまり吠えませんねといったの。そこで、猛獣使いが肉を持ってこさせて、わたしがトラたちに話しかけているあいだ、鉄格子ごしに肉のにおいを嗅がせたわ。今度は、トラたちが吠えるのが聞こえて、二頭が争い始めた。

この当時は、わたしたち人間もそうだったけど、動物たちも食料が不足していたの。

夜の部が始まって、鉄格子ぞいにトラたちを立ち上がらせる演技のとき、一頭いないのに気づいたの。ラジャかしら、アラミスかしら？　どれだろう？　そして突然、欠けてるトラが真後ろのスツールの上でじっとしているのがわかった。どのトラだろう？　で、「あなた、そこでなにしてるの？」といってやった。

二番目の演技では、別のトラがスツールから下りないの。わたしは駆け寄っていって、「あら、あなたもそうなの。働きたくないのね」って、叱ってやったわ。

そしたら、そのトラは三番目の演技でも、同じことをした。やっとわかったわ、それはロワイヤルだと。だから、その次の演技のときには、最初にロワイヤルにいってやった。「さあ、いい加減にしなさい。ちゃんと並んで！」

ロワイヤルは目が充血してた。かっときて、わたし、彼に近づきすぎてしまったのよね。彼は、前足でわたしの後頭部をつかむと、地べたに倒したの。ボキッという音が聞こえたけど、鼻がつぶれちゃったのよね。すべるようにして運ばれていくのが感じられたわ。ロワイヤルはわたしの肩のところをつかまえてた。わたしをスツールの下まで持って行って、食べようとしたのよ。

観客はもう、パニック状態。いまや四頭のトラが、わたしにのしかかっているのですからね。観客のなかにいたドイツ軍将校や共和国近衛隊がトラに向けて発砲したけど、その一発が、女性の観客のお腹に当たってしまった。わたしには教えてくれなかったけれど、別の女性客も、負傷後に死亡したらしい。彼女は夫ではない男性とサーカスを見に来ていたから、〈メドラノ・サーカス〉に行ったことは内緒にしたまま、死んだの。この一九四三年十一月十三日に。

ボンベイというトラは、奇妙なふるまいを見せたわ。ほかのトラたちが、猛然とわたしに襲いかかるのを見た彼は、わたしのところに突進してブーツを一足もぎとると、これをスツールの下に置いて、その脇に座り、見張りに立ったのよ。猛獣使いが、こういったわ。

「ボンベイはあなたに惚れているんだ」

傷だらけで、わたしはマルモッタン病院〔十七区〕に運ばれたけど、とても助からないと思われていた。トラの爪や歯による傷口が化膿していたし。

この事故から何か月も経ってから、シャトールー〔フランス中部アンドル県の県庁所在地〕にいるときに、わたしを食べようとしたトラがいるサーカスが巡業に来たの。わたしは檻のなかのロワイヤルに会いに行って、「やあ、ロワイヤル!」って挨拶した。

そしたらトラは怒りだして、鉄の檻に突進して前足を出そうとしたの。わたしだとわかったし、なにも忘れていなかったのね。二つ先の檻にはボンベイがいたから、「こんにちは、わたしのボンベイちゃん。あなた、親切にしてくれたわね」といってやった。するとボンベイは目を閉じて、顔を仕切りにぴたっとあてたの。

瀕死の重傷から回復したものの、世間からすっかり忘れ去られたわたしは、モロッコに戻りました。今度は、ラバトのコンセルヴァトワールで演技を教えたの。でも、またフランスに帰らなければいけなくなった。

というのも、モンレリ〔パリ南郊の町、エソンヌ県〕の近くの司祭さまのところに働き口が見つかったのよ。ええ、司祭さまのところよ！　わたしには必要な人だったの。それ以前には、「フランス囚人部隊」〔一八三二年に創設、アフリカで活動〕の従軍司祭をしていた人。でもね、司祭さまのところでも、わたしの素性がわかってしまって。司祭さまは、信徒たちから、おまえなんか出て行けと脅かされる始末。だって、ヴァンプがメイドだなんてね！

もう夜中の一時か二時ね。道具係のトレーラーへの積み込みも終わったわ。あわれなマダム・ペルネルは、重い足取りで車に乗ることにするわ。ねぼけまなこだけど、編み物をするわ。

1　一八九三―一九八九。サイレント映画の大スター。文中に挙がる以外に、ジャン・エプスタイン《赤い宿屋》、ジャック・フェデール《テレーズ・ラカン》など。

2　一九一九年、フイヤードの《顔のない男》に出演。

3　スチール写真を配してストーリーとし、一冊の本として販売した。ヨーロッパでは、かなり人気を博したジャンル。

サンドイッチマン

わたしはある通信社の報道部で夜間、働いていた。ぱっとしない学業、いや、というか、ありきたりに学業を終えて、このような身分になれたわけだから、わたしとしては不満はなかった。給料も、それほど悪くはなかった。夜勤を終えて、たっぷり眠ったあとで、日中、好きなことをする時間も少しはあった。好きなことといっても、大したことではない。本を読んだり、パリの町をぶらぶら歩いたり、映画に行ったりといったところだ。

わたしはジャン・ルボワールという男とチームを組んで働いていた。二人のあいだには、良い仲間意識が生まれていた。けれども、二人はずいぶんちがっていた。まず、見た目がちがう。彼は大柄で、金髪のちぢれ毛だったし、わたしは小柄で、髪の毛は黒く、肌もやや褐色であった。フランク族、ヴァイキング、サラセン人、ローマ人、そしてカルタゴ人、おたがいに、その昔の先祖が何人であったのかなど、わかりっこない。でも、ジャン・ルボワールとわたしの大きなちがいは、彼が怠け者ではないことだった。彼には、大きな文学的野心があったのである。自由な時間を、コンキスタドールを主題にした一大歴史ロマンの執筆に割いていた。第一章が書き終わっていないのに、彼の頭のなかには五百ページの物語が半ダースばかり、すでに浮かんでいるのだった。

なによりも驚かされたのは、彼がこの計画をきちんと実行したばかりか、第二巻が出たところで大当たりしたことだ。こうして彼は、ベストセラーを書く人気作家になった。過大に評価されて、純文学の一員として名が引かれることもあった。やがて筆一本で食べていけることになり、通信社をやめた。しかしながら、こうして別れても、はかなく消えてしまう煙とはちがって、われわれの友情に変わりがないことを示すために、ときどき、わたしを良いレストランでの昼食に招待してくれた。わたしとしては、自宅での夕食に招いてくれれば、もっとくつろげるのにとも思ったものの、売れっ子になって再婚して、どうやら新しい細君がわたしを呼ぶことを好まないらしかった。

ジャン・ルボワールに代わって、通信社に若い男が入ってきた。すでに職をずいぶん転々としているようで、同僚たちと比べると、かなり苦労しているらしい。パトリス・マルキという男で、ロゼール県マルヴジョル〔マシフ・サントラル山地の南。僻地のイメージである〕出身だが、幼い頃からパリに住んでいた。父親がパリに上京して、カフェのボーイになったという。だが、早死にしてしまい、独立して「カフェ兼燃料店」を開いて、〈炭屋《ブーニャ》〉と呼ばれる、うらやましい身分になるという夢ははたせなかった。息子のパトリス・マキに残された遺産は、ちょっとした南仏なまりだけだった。

ところが不思議なことに、ジャン・ルボワールの後釜の男も、日ならずして、自分は文学的野心を抱いていると、わたしに打ち明けたのだ。詩を書いていた。あちこちの出版社に当たったが、だめだったという。そうはいっても、詩を出版するところは、ほとんどの場合は自費出版で引き受ける。けしからんことだとはいえ、多くの出版社は、相手の財布をからっぽにする、あこぎな手口しか考えていない。本の表紙に自分の名前が印刷されるのだという虚栄心から、不幸な詩人たちはすすんで大金を出し、ときには親族から途方もない金を引き出してくる。いずれにしても、パトリス・マルキの懐具合からして、無理な相談だった。そこで彼は、私家版を作ろうと決心した。小さな詩集を印刷するだけでも、かなり生活を切りつめなくてはいけない。とはいえそれは、まぎれもなく彼が書いた本なのだ。まあ、本というよりも小冊子にすぎないのだが。彼はサン＝ジェルマン大通りやサン＝ミシェル大通りで、通行人に声をかけて、詩集を売りさばこうとしていた。わたしは最初から、自分は詩はさっぱりわからないのでと、話していた。本当だから仕方がない。でも、友だちのよしみで、詩集を買いたいといった。すると彼は、友だちなのだから、ぜひとも謹呈したいという。ボールペンを取り出して、本の見返しにサインするのがどれほどうれしいことなのか、わたしはこの目ではっきりと見た。

パトリス・マルキは、通信社に長くはいなかった。どういういきさつで雇われたのかは知らないものの、解雇された理由は「無能だから」とはっきりしている。もっと見過ごせない理由があって、彼の机の上に散らかっている紙を見ると、それが外電のたぐいではなく、一目瞭然で詩のたぐいとわかったからだった。

まもなく、彼の消息はわからなくなった。その前任者のジャン・ルボワールはどうであったかを、白状するならば、友情を保つための昼食はもはや稀になっていた。

この当時、とはいっても、これはさほど昔の話ではないのだが、トラックの車列がパリの通りから通りへと巡回する姿がときおり見かけられた。ずらっと縦一列につながったトラックは、建築資材や商品を積んでいるのではなく、側面に広告パネルをつけて走り回っていたのだ。だが、やがて交通量が増すと、こうした宣伝方法は姿を消してしまった。その当時には、すでにもっと珍しい光景になっていたとはいえ、サンドイッチマンがまだ健在であった。彼らもまた、ずらりと縦に並んで、まるでラバのように、製品をほめそやす大きなポスターを背負って、その物質的かつ象徴的な重さを両肩で支えていた。めったに見られなかったけれど、単独のサンドイッチマンもいた。決められたルートに従っているのか、あるいは、自分の思いつきにまかせてなのかは知らないが、憂い顔をして、あちこちの歩道を大股で歩き回っていた。

ある日、ジャン・ルボワールが昼食に呼んでくれた。何か月ぶり、いや、たぶん一年以上、こうしたことはなかった。待ち合わせ場所に、彼の小説を出しているモンパルナス界隈の出版社を指定してきた。連作小説の売れ行きには、いささかの陰りも見られなかった。第四巻が出たばかりだったが、早くも、ベストセラーの上位に食い込んでいた。友人が創造したタフなヒーローは、アメリカ大陸を征服していたわけだが、広範な読者も獲得していたのだ。はたしてジャンは、その上、自分の名前が文学史に残ることまでも期待しているのだろうか？　内心でどう思っているのか、わたしは一度も思い切って尋ねることができなかった。

出版社は、ノートル＝ダム＝デ＝シャン教会の裏の狭い坂道に面していた。ポーチをくぐると中庭に出て、そこはまるで地方の古いリセにでも入りこんだような感じだった。中庭を囲むようにして扉がいくつもあり、さまざまな部署に通じていた。高名なるわが友と再会すべく、わたしは文芸部へと向かった。扉を閉めようとしてふり向くと、中庭の反対側の扉から、赤いズボンに、真っ黄色の折り返しがついた緑の上着という、奇妙ないでたちの小さな男が出てきた。なんだかオウムでも見ているような気持ちになった。そういえば、黄色と緑はこの出版社の本の表紙の色で、その上に作者名を大文字で目立たせた赤い帯がかかっていることを、わたしは思い出した。ど派手なかっこうをした、この小男が、中庭にある物置のドアを開けた。そして、大きなパネルを引っぱり出した。彼はそれを肩にかつぐと、二本のアーチのあいだにすっぽりはまりこんだ。そして、ベルトを思いきり締めた。オウムは、サンドイッチマンだったのである。パネルのポスターが、大きな文字で、ジャン・ルボワールの新たな傑作の第四巻の発売をうたっていなければ、いくらわたしだって、いつまでも長々と見つめていたはずがない。いささか恥知らずの宣伝が、あまりに面白かったので、これを担いでいるのがパトリス・マルキであることをあやうく見すごすところだった。

わたしはジャンと会う約束をあきらめた。というか、この際、遅刻しても仕方ない。そして、赤いズボンとポスターの後をこっそり付けていった。マルキはモンパルナス大通りに出た。それからレンヌ通りをずっと下ってサン＝ジェルマン＝デ＝プレまで行くと、オデオンのほうに曲がった。わたしは、自分でもばかみたいだなと思った。だが、尾行の初心者としては、けっこう上手にできた。それにしても、決められた道順をきちんとたどっているのか、はたまた、ルートの一部をはしょって、のどの渇きをいやすために、どこかの居酒屋かなんかで重いパネルをおろしていないかをしっかり確かめるために、出版社もまた、サンドイッチマンたちを尾行して監視する人間を放っているのではないだろうか？　あわれなマルキの気持ちを想像すると、なによりも胸が締めつけられる思いだった。詩人である彼が、低俗な作家の栄光と、これ見よがしの成功といういかさまな価値を称揚するパネルを両方の肩に食い込ませながら、パリのあちこちの通りを歩き回らなければいけないとは。せめて、この広告が、洗剤や化粧品の、あるいはチーズの宣伝ならまだましであった。

それに続く日々、いじわるな偶然がいたずらでもしているかのように、赤いズボンをはき、緑と黄色の上着をまとい、重そうなパネルを背負ったこの哀れな男の姿を、わたしは何度も見かけた。シシュフォスの岩よりもひどいじゃないかと、わたしは思った。シシュフォスの岩は、このギリシアの英雄を辱めているわけではないのだから。そして、起こるべくしてというか、とうとう彼がこちらの姿に気がついた。わたしは、このような状況になった自分を呪った。わたしとばったり出会ったことで、孤独な屈辱感が付け加えることになるではないか。

けれども彼は、わたしと再会したことが本当にうれしいかのように、むしろ陽気に挨拶してきた。恥ずかしがっている様子はなかった。代わりに、こっちが恥ずかしくなり、なんといえばいいのかわからず、じっと黙るしかなかった。そして、ようやくの思いで、口ごもりながらも、ばかみたいにこう聞いてみた。

「このごろ、どうしているんだい？」

彼が答えた。

「このとおり、セールス・プロモーションに一役買っているんだよ」

裏切り

「うちの家系には、自殺者が多いのよ」、エルミーヌ・アディーはよくこういった。ポール・ルフェーヴルがそんなことないだろうといって反論しようとすると、彼女は例によって、「父親は頭に銃弾を撃ちこんだし、母方の伯父はガスの栓を開けたのよ」と、具体的な説明を加えるのだった。

そして、細部が面白いのよとばかりに、「伯父はね、あやうく建物全体を吹き飛ばすところだったの」と付け加えてから、こうも続けた。

「伯父の娘は川に身投げしたの。どうも、その前に、曾祖父《そうそふ》かなんかが首を吊ったらしいし」

「それで全部かい?」

「もっとちゃんと探せば、どうかしらね」

「一度だけなら、それは悲しいことだよね。でも、どんなことだって、繰り返されると喜劇的な効果を生み出すからね」とはっきりいうと、ポールはこの話題を終わらせて、若い女の気ふさぎを一掃しようとした。けれども、彼女はすぐへそを曲げて気色ばんだ。

「わたしにはね、屋根の上にのぼって跳び降り自殺した恋人だっていたんだから」、相手にとどめの一撃を与えるべく、エルミーヌはこう付け加えるのだった。

ポール・ルフェーヴルは文学の教師だった。教えることもそこそこ好きだったが、ラテン作家のなかでも、タキトゥスを筆頭として、ことばの純粋さや簡潔さで名高い作家が大好きだった。ラテン文学末期の著作家たちにも、特別な好みをいだいていた。カルタゴのキュプリアヌス〔三世紀、『カトリック教会統一論』など〕とか、スペインのプルデンティウス〔四世紀から五世紀、『霊魂をめぐる戦い』など〕などである。離婚歴があり、子供のいない彼は、五十の坂を越えてから、三十歳になるかならぬかのエルミーヌに夢中になった。彼女はセーヌ左岸にある民間の劇場の事務所で働いていた。夫は女々しくて冷たいといって、その少し前に離婚したところで――それにしても、離婚したというのは本当なのだろうか？――、二人はすぐ深い仲になった。

エルミーヌとポールは、いっしょに暮らすことは一度もなかった。彼女が同居しようといい出したこともなかった。ポールは左岸コンヴァンション通り〔十五区〕の小さな住まいを離れず、エルミーヌも右岸ヴェルサイユ大通り〔十六区〕の住まいを離れなかった。彼女は夜の上演に関わる仕事も多いし、そのあとで役者たちと食事に行ったりするけれど、こっちは早寝だからなと思って、彼は自分を慰めていた。でも、これではうまく行きそうもないな、とも思った。なにしろ、二人が本当にいっしょに過ごすのは、旅行のときしかないのだ。二人とも外国が好きだった。外国の都市に目をつけて、その多種多様な地区を探索し、河沿いをそぞろ歩いた。パリに二人を隔てる河があるように、ほとんどの都会には大きな河があるのだ。彼女が燃え上がることもあったとはいえ、完全に所有したという実感はなかった。いつになっても本心を見せない、冷たいのである。怒り出すときだけは別で、とにかく、どうでもいいようなことでかっとなるのだった。辛辣だし、少しばかり意地悪でもあった。いや、「少しばかり」というのは言葉のあやにすぎない。ときどきは本気で、この若い女の欠点をあげつらうこともあったものの、彼女を好きなのだから、どうしようもなかった。ほかの生きがいを見つけられないほど、愛していた。

ある晩、エルミーヌは彼を、妹ジュスティーヌのところに連れて行った。いつもジュジュと呼ばれていたジュスティーヌは、デパートのディスプレーの仕事をしていて、モーベール広場〔五区〕に近い一種のアトリエに居を構えていた。ロフトなのよと、彼女は自慢した。ポールから見ると、妹は姉とは正反対だった。エルミーヌは黒髪で、痩せて背が高く、浅黒い顔をしていた。ジュスティーヌというかジュジュは赤毛で、ぽっちゃりしていた。こんなに似ても似つかない二人の娘を、両親はどうやって作ったのか不思議だった。

ジュジュはちょっとしたことですぐ笑った。その陽気さの裏に、大変な優しさを備えていることが察しがついた。会うたびに、彼女はポールに抱きついてきた。姉から、以前、ジュジュは長いこと、既婚の男と付き合っていたけれど、いまはひとり暮らしなのと聞かされた。

「それはなんとも残念だね」、ポールがこういったことがある。

「どうして残念なの?」と、エルミーヌがいい返した。

高校教師は、仕事先までエルミーヌを迎えに行くことがよくあった。夜の部の芝居に興味がなくても、楽屋口から劇場に入り、暗い階段をのぼって舞台裏をちらりと眺めながら、ようやく劇場のオフィスにたどりつくというのは楽しかった。エルミーヌは、二、三人の女性と共に、この部屋に陣取っていた。ある日、新入りの姿があった。ひげを生やした若い男で、エルミーヌがなにやらもぐもぐっと紹介した。「リュック・ブルギニョン」とか「ブルニョン」とか聞こえたのだが、その若い男がポールにいった。

「あなたを知ってますよ。ぼくは生徒でした。ラテン語で赤点ばかりもらいましたから」

教師には、思いもよらぬことだった。

三年間の熱愛ののちに――少なくともポールの側からすればということなのだが――、エルミーヌが不意にこう告げた。

「わたしたちの関係も変わるべきよね。もうあなたとは寝ないわ」

「どうしてだい？」

「もう十分よ」

「君を愛しているのに」

「わたしもだけど、ちがうのよね」

「でも、会うことは続けるよね？」

「ばかなこと聞かないでよ」

この思いがけぬ悲劇的なシーンのあいだ、二人は車に乗っていたのである。沈黙が長く続いて、車が行き交う鈍い響きや、信号が青に変わってクラッチがつながる音、開け放した窓から出ていくカーラジオのガーガーいう音だけしか、もはや聞こえなかった。やがてエルミーヌが、「なぜかは、自分に聞いてみればいいじゃない」というと、こうも付け加えた。

「とにかく、わたし、すっかり絶望してるの」

ポールは、エルミーヌを家のところで車から降ろした。車のなかで一人になると、泣き始めた。しゃくり上げるようにして泣いた。そしてふと、子供のころから、泣きじゃくるなんて一度もなかったのにと思った。

エルミーヌにまた会いたくなって電話すると、こういわれた。

「いまはダメ。旅行に行くことになってるの」

それ以上は、なにも教えてくれなかった。

次の日曜日、暇つぶしに、バビロヌ通りのパゴダ座〔七区。日本風の風変わりな建築で知られる名画座〕に映画を見に行くことにした。列のうしろに並ぼうとして、ジュスティーヌが通りがかるのに気づいた。名前を呼ぶと、彼の姿を見るなり、持ち前の陽気さで近づいてきた。いっしょに映画を観ないかと誘うと、急いでコーヒーを飲むぐらいの時間しかないという。映画はあきらめだな、ポールは思った。二人は近くのアンヴァリッド大通りのブラッスリーまで行った。テラスには暖房が入っていた。冬なのである。

座るとすぐに、ポールはこう尋ねずにはいられなかった。

「エルミーヌのこと、なにか知ってるかい？」

「いまのところ、なにも。セーシェル諸島にいるんだけど」

「セーシェルだって……」

ボーイがコーヒーを持ってきた。ジュスティーヌは、角砂糖を包みから出すのに苦労していた。

「わたし、不器用なの」

ポールは、どうしてエルミーヌはそんなところに行ったのかと聞いた。友だちといっしょなのかもしれないね。いずれにしても、パック旅行じゃないよね、彼女がそんなことするはずもないし。すると、ジュスティーヌがこういった。

「いいえ、姉はリュックとセーシェルに行ったのよ」

リュックとだって！　ポールには、劇場のオフィスでちらっと会ったひげ面男ではなく、ラテン語がからっきしできない、生意気な生徒の姿がはっきりと思い浮かんでいた。でも、リュックがぼくからエルミーヌを奪ったのは、落第点の仕返しをするためじゃない！　あのあばずれ女のせいに決まっている。年取った恋人に飽きたから、そうしたんだ。エルミーヌは、男の気をそそるタイプの女じゃない。彼女がリュックに目を付けたんだ。

ポールは、毒でもあおるかのようにコーヒーを一気に飲んだ。ジュスティーヌはすでに席を立つところだった。

「ごめんなさいね。さっきもいったけど、わたし急いでいるの。映画館に行けばまにあうわよ。上映はまだ始まっていないはずだし」

しかし、ポールは帰宅した。ほんの一瞬、ジュスティーヌは相変わらずひとり暮らしなのだろうかと思っただけで、エルミーヌの裏切りと、ひげ面の生徒に見え始めたリュックのことで頭がいっぱいだった。自分が愛している背の高い女の身体が快楽にもだえる姿を想像した。ひげ面を抱きしめたり、舌を這わさせてやるなんて、どうなってるんだ？

失恋から回復するには時間がかかった。しかし一般的にいって、失恋とは、ほかの精神的な病の多くとはちがって、ひとときおかしくなっても、治るものなのである。かつてのポールは、エルミーヌへの愛こそ自分の生きがいだと考えていた。彼女が自分の生きがいを奪ったと思っていた。でも、自分は死んでなどいない。彼女がどうなったのか、彼は知ろうともしなかった。

それから数年が経った。さほどの情熱もなしに、たちまち終わりを告げた情事のあとで、また一人になったポールは、通いなれたパゴダ座に映画を観に行った。すると、リュックとジュスティーヌがやってきて三列前の席に座るのに気がついた。二人は自分たちのことに夢中で、ポールには気づかなかった。座るなり、恋人同士よろしくぴったりと寄り添った。

ポールは気づかれないように、映画の途中で外に出た。今度はリュックがエルミーヌに捨てられて、ジュスティーヌとくっついて自分を慰めているのだろうか？　あるいは、このひげ面が裏切りを働いて、妹と仲良くして、エルミーヌにさらに侮辱を加えているのだろうか？　あるいはまた、あのすごく優しいはずのジュスティーヌが、エルミーヌからリュックを奪いとったのだろうか？　そんなこと、分かりそうになかった。それに、どれでも彼には同じことだった。

夫に付き添って

ベアトリス・モランは夜の八時まで、夫のルイに付き添った。ずいぶん前から暗くなっていた。もう十一月の末なのである。十六区の医療ケア付き老人ホームで、午後をずっと過ごしたのだ。アルツハイマー病が悪化して、夫はここに入っていた。アルツハイマー病なのか、似たような別の病気なのかは、この際どうでもいい。結果は同じことだ。今日の夫は彼女のことがわかったので、ホームに残って、「食べるのよ、ほら、食べなさい」と繰り返しながら、スプーンで少しずつ夕食を食べさせた。でも、面会時間はもう終わりだ。帰らなくては。

他人の目からすると、彼女が夫と暮らした長い年月がひどいものだったとは信じられないにちがいない。ホメロスの方言の特徴を研究する専門家として、書斎にこもる学者だからという理由で、彼女は、朝の七時から九時まで、つまり朝食のあいだしか、夫に話しかけることを許されなかった。それから、夫は書斎にこもり、妻は入室を禁じられた。夫はいくつかの講義を受け持ち、さまざまなシンポジウムに参加していた。それは彼女には入り込めない世界なのだった。土曜日も、平日と変わらなかった。日曜日は、健康のためにモンスーリ公園〔十四区〕を散歩する習慣だったので、ベアトリスも同行を許された。

夕食に招かれるのは、夫の同僚だけだった。言語学をめぐる議論で、食事が盛り上がった。学問的な討論のじゃまにならないようにと、かわいそうにベアトリスは、台所にいてくれといわれることもあった。

では、なにか肯定的な面があったのだろうか？　たしかに、暴力をふるうことがなかったとはいえる。

彼女は一度も夫に逆らったことはなかったし、別れようと思ったこともなかった。恋人にしてもいいほど感じの良い男なんて、一人も見つからなかった。女友だちも少なかったし、思いのたけを打ち明けられるような親友は皆無だった。

そしていまでは、その知性も難破して、叙事詩『イリアス』の六脚律の詩句も、どこかの深淵に呑みこまれてしまった夫は、まるで子供同然、スプーンで食べさせてやらなければいけない有様だ。ベアトリス本人も、まるでレテの川〔黄泉の国を流れる「忘却の川」〕の水を飲んだかのように（知ったかぶりのルイならば、神話にことよせたこの言い方を許してくれそうだ）、惚けてしまった夫という愛しい子供への、自分を熱愛してくれた男への愛情で、へとへとだった。あたかも、脳の病気にやられたのは自分であるかのごとく、彼女は、夫の横暴さも、話しかけるのを禁じられたことも、司祭のメイドでも耐えられないような身分にまでおとしめられたことも忘れてしまっていた。

記憶には二種類あるにちがいない。歴史的記憶とも呼べる、人生で学んだことを保持する記憶がまずある。そして、もうひとつの感情的な記憶は、変化し進化するものであって、なにも保証してくれない。つまり、人がある存在に対して感じたことは、矛盾を意識することなく、ゆっくりと、あるいは突然に、変わってしまうのである。愛情から憎しみへと、憎しみから愛情へと、人の心は移り変わる。現在の情念に食い尽くされて、以前のできごとの記憶も失ってしまう。ベアトリスの場合が、まさにそれであった。

この十一月の夜、彼女は夫の元を去りかねていた。けれども、そうはいかない。コートを着ると、化粧室の鏡の前でベレー帽をかぶった。ふと、「わたし、まだ若く見えるわ」という思いがひそかによぎり、一瞬恥ずかしくなった。少し痩せすぎているかもしれないけれど、太ったことは一度もなかった。

優しいことばをかけながら、夫に最後のキスをした。ふれたほおがぬれていて、夫が泣いていることがわかった。いっしょに暮らしているときには、涙など一度も見たことがなかった。アキレウスの楯を造る際に、楯に踊りの場面を鋳出する一節があるのだけれど〔『イリアス』第十八歌〕、この個所の解釈に関して、夫は別のギリシア学者に酷評されたことがあった。でも、そのときだって泣きはしなかった。親しいはずの同僚たちの画策で、コレージュ・ド・フランスに選ばれそこなったときも、涙など見せなかったのに。ようやく夫から身を引きはなして部屋のドアを開けると、長い廊下を歩いて庭に出た。明かりに照らされた砂利の小道で、足をくじきそうになった。彼女は相変わらず、「かわいそうね、あなた。本当にかわいそう……」とつぶやいていた。

すると突然、白衣姿の女性が立ちはだかり、両手を広げて捕まえようとした。

「こんなところで、なにをしているのです！　部屋に戻りなさい。もうこんな時間よ、寝てなくてはだめじゃない！」

墓参り

ジャン＝フランソワ・プリヴァは四十歳、結婚していたが、子供はおらず、気むずかしいというか、手に負えない性格の妻とはうまくいかなくなっていた。ジュヌヴィエーヴ・パッサンと再会したのは、そんなときだった。二人は若い頃に知り合っていた。ブルボネ地方〔フランス中央部〕の同じ村の出身なのだった。しかしながら、やがて疎遠になった。彼は電化製品の会社にエンジニアとして就職して、パリに向かった。彼女は結婚してマングロン夫人となり、しばらくロレーヌ地方〔フランス北東部〕で生活していたが、その後、夫とパリに住みついた。そして夫に先立たれた。一時期、スウェーデン人の外交官と深い仲になったものの、いつも知識をひけらかして説教をする、容赦のない男だった。ブルガリアだかルーマニアだかに行くように任命されたとき、それ以上のことはわからなかったけれど、彼女は付いていかなかった。

共通の知人がいたおかげで、ジャン＝フランソワ・プリヴァとジュヌヴィエーヴ・パッサンあるいはジュヌヴィエーヴ・マングロンは思いがけぬ再会をはたした。静かで、優しそうで、子供時代を過ごした故郷を思い出させてくれる、この女性のそばにいることが、男には心地よかった。もう一度会いたいと思った。彼女はイタリー地区[1]の高層住宅の上階に住んでいた。やがて関係が始まった。激突することなどない、心なごむ付き合いだったが、その先の希望はなかった。彼女は、いい大人になった二人の息子と、亡夫の最初の結婚で生まれた義理の娘という、独占欲の強い家族に支配されていたのである。彼にも、夫婦のきずなを断ち切るだけの度胸がなかった。本当をいうと、細君がこわかったのだ。

　ジャン＝フランソワ・プリヴァとジュヌヴィエーヴは、ひそやかな未練をこめて、何度も慰め合った。「もったいないことだ！　ぼくたちはこんなに気が合うのに！　口げんかすることも全然ないし。そもそも、口げんかできそうにないよ。口げんかしない男女なんて、めったにないのに！」

　そして二年経った。ジャン＝フランソワはこれ以上辛抱できず、心を決めた。ひと悶着あっても、妻と離婚することにしたのだ。真っ先にジュヌヴィエーヴに打ち明けると、大喜びすると同時に、しり込みしているようにも思えた。だが、彼にはこの計画を実現するだけの時間がなかった。略称A・V・C〔accident vasculaire cérébral つまり「脳の血管の事故」を指す〕、つまり脳梗塞で倒れたのだ。五週間の昏睡状態のあとで死亡した。妻は、この不慮の死で、モンマルトル、モンパルナス、ペール＝ラシェーズといった墓地〔いずれもパリ市内〕を奮発するつもりはなく、遺骨をパンタン〔市外、十九区の外側。巨大な墓地がある〕に追いやった。この広大な霊園のなかで、彼はまもなく忘れ去られた。

いや、これはかならずしも真実ではない。ジャン＝フランソワ・プリヴァのささやかな墓は、かなり頻繁に、ジュヌヴィエーヴ・パッサン――あるいはマングロン夫人でもいいのだが――の訪問を受けていたのだ。彼女はいつも小さな花束を持参して、セメントの墓石（妻は大理石の費用も出し惜しんだ）に雑巾をかけた。それから、大きな声で話すのだった。花盛りに突然にして奪われた二人の愛を哀悼して歌うかのように、嘆き悲しんだ。そして、毎日の生活や大小さまざまな心配ごとを、彼に話して聞かせるのだった。

これが生涯続くことになる――ジャン＝フランソワにとって「生涯《ヴィ》」と呼んでよければの話だが。そして、もしも死んだジャン＝フランソワが、ジュヌヴィエーヴの話を聞けたならば、語られる内容が、歳月とともに変化しているとわかったはずだ。

結婚に失敗した息子のことで、彼女は気苦労がたえなかった。それからね、聞いてるの、ジャン＝フランソワ？　義理の娘の娘ときたら、ろくでもない役者ばかりの劇団の追っかけで、家出してしまったの。ジュヌヴィエーヴは、孫娘がいかがわしい方法で月々のやりくりをしているのではと疑っていた。こうして、だらだらと家族の愚痴ばかりこぼしている。以前のような思いやりや寛大さ、おおらかさが失せてきた。

パック旅行の信奉者にもなった。老人たちのグループにまじって、観光バスや飛行機や船に乗りこんで、アイルランド、リスボン、ペトラ遺跡〔ヨルダン南部〕、エジプト内陸部〔「ナイル河上流地域」だろう〕、アンダルシアに行った。旅行後の墓参りでは、欠かさずツアーの報告をする。それも、世界の不思議の数々を具体的に物語るというよりも、むしろ旅行中のどうでもいいような不満について、いつまでも話すのだ。いびきをかいて、放屁までするどこかのマダムと同室になって、どうのこうのとしゃべりまくるのだった。

しばらくすると、今度は金銭問題が入ってきた。ジャン＝フランソワが金銭の話をひどく嫌うことなど、もはや忘れてしまったらしい。彼女にとっては大問題で、決着が付きそうもないらしい。夫が死んで、ひどくごたごたした状況で、何年も前から、銀行、保険会社、公証人、弁護士のあいだでにっちもさっちもいかないのよ。こういって、新たな手続きや、その都度の希望や落胆を逐一報告しにくる。生まれ故郷ブルボネ地方のサン＝プルサンに所有しているブドウ畑の問題もあるらしい。さらに、パリにアパルトマンをいくつか持ってるけど、借り手がしばしば面倒を起こすとか、建物の共同所有者集会のひどさ加減、理事たちとのトラブルの話も出てくる。管理人や代々の家政婦たちから不愉快な目にあったと、くだらない愚痴をこぼす。ジャン゠フランソワが聞いているとしたらということなのだが、彼は、あれほど優しくて寛大であった女が、年月とともにとげとげしく、恨みがましく、金銭にとりつかれた人間になったことを知って、驚くしかなかった。最悪なのは、パンタン墓地でのこうした報告の最中に、どうでもいい枝葉末節にこだわり続けることだった。重要なことがらと、日常のうんざりするようなことがらを区別できなくなっていた。いまの彼女は、なんと退屈な女なんだ！　これでは、ぼくが知り合ったなかでも最悪の女の一人じゃないか！

棺桶のなかのジャン゠フランソワ・プリヴァは、もううんざりだった。いや、そうだと思う。もうひとつの別の人生では、つまり生きているときには、彼女を愛していた。それなのに、彼女はすっかり変わってしまい、彼には、この変わり身を目撃できなかった。しかも、彼女を黙らせる手立てもない。死者が呆れかえることを「棺桶のなかで寝返りを打つ」というけれど、これは単なる慣用句、ジョークにすぎず、現実にはそうなるはずもない。パンタン霊園の陰気な小道を歩いているあの女、いまでは年老いたあの女、あの耐えがたいおしゃべり女、あれがジュヌヴィエーヴなのだろうか？　そういえば、ボードレールが述べていた。

「死者たち、哀れな死者たちは、大いなる苦しみを味わっている」〔『悪の華』第二版、一〇〇番「無題」より〕

1　イタリア広場 Place d'Italie からイタリア門 Porte d'Italie にかけての界隈で、高層マンションがある。

記憶喪失

アルマン・ティクシエとエチエンヌ・パロは、エコール・ミリテール〔パリ、セーヌ左岸、七区〕界隈のりっぱなビルにオフィスを構える大きな公証人事務所の所員として、いっしょに働いた仲だった。そして定年の時期が訪れた。まずはエチエンヌ・パロが、一年遅れてアルマン・ティクシエが退職した。二度結婚して、二度離婚したエチエンヌ・パロは、そのままパリに残り、モンスーリ公園〔十四区〕近くの小さなアパルトマンに住んでいた。子供はいなかった。アルマン・ティクシエは細君とともに、二人の出身地ロット県[1]の田舎に引っこんだ。夫婦には子供が三人あったが、三人とも結局は地方に落ち着いた。

最初のうち、二人の退職者は年賀状のやりとりをして、おたがいの健康について知らせ合っていた。やがて、そうしたやりとりもなくなった。いまや二人ともかなりの高齢者である。アルマン・ティクシエは、いとこの女性が亡くなったため、パリに来る必要が生じた。細君がリューマチで寝たきりであったから、単身で上京した。そして、ためらったあげく、かつての同僚に連絡する気になった。そうしたっていいじゃないかと思ったのだ。こうして二人は、かつていっしょに働いたオフィスに近いブルトゥイユ広場のレストランで再会して、昼食をともにした。

「きみはステッキを使うんだね」、エチエンヌ・パロがいった。「ぼくは、ダメなんだよ。試してはみたんだけどね。不器用なものだから、両足がもつれて、すぐ転びそうになる」

エチエンヌには、会話が始まってすぐ、旧友が癇癪《かんしゃく》持ちになったのがわかった。いまの世の中のすべてが不愉快なのである。もはや自由などありやしない、政府や行政のせいで、まともに暮らすこともできない、監視カメラはもちろん、コンピュータやインターネットによって、俺たちはつねに監視されている、ドイツ軍の占領時代に逆戻りしたようなものだという。いつまでもぐだぐだ不平不満を述べ立てるので、エチエンヌは、がらっと変わってしまったアルマンの性格を言い表すには「癇癪持ち」では不十分かもしれないぞと思い始めた。「こいつ、パラノイアになったんじゃないか」と思った。怒り狂ったアルマンが、その長広舌をこうしめくくった。

「俺たちを支配しているやつらは、全員、徒刑場送りにしてやろうじゃないか!」

「その言い方は、少しばかり古めかしくはないか」、パロはいい返した。

「まあ、ことばのあやというやつさ。でもな、俺の気持ちにぴったり合ってるんだ」

二人はマッシュポテト添えのハムを食べ終えた。寄る年波のせいで、この程度のものしか食べられないのだ。それでも、ワインをグラスで飲んだ。太ったウェイトレスが皿を下げて、デザートのクレーム・ブリュレを持ってきた。このタイミングを見はからって、エチエンヌ・パロは話題を変えることにした。相手の怒りを鎮めるために、話を昔のことに、二人の青春時代が展開された公証人事務所での日々に向けたのだ。公証人の書記という仕事は、むしろ退屈な思い出にすぎない。とはいっても、男女合わせて三十人ばかりの小さな世界のなかで、ときには楽しいこともあった。アルマン・ティクシエは待ってましたとばかりに、この話題に飛びつくと、こういった。

「きみはアニー・ジョランのこと覚えているか?」

「なぜだい？　彼女、死んだのかい?」

「そんなことは知らんよ。ぼくがいいたいのはだね、彼女がきみにがまんならなかったのを、きみが覚えているかということさ。どの女にも付きまとって、耐えがたい男だと、いってたぞ」

「付きまとったりしてないよ。親切にしてやってただけさ」

「ならいうけどな、女の顧客をたらしこんだときのことはどうなんだ？　あれは業務上の過失じゃないか。あやうくバラクーダにクビにされかけただろ」

「バラクーダ」というのは、職員たちが所長につけたニックネームである。「バラクーダ」という音の響きが、その理由だった。「バラクーーダ」というふうに、わざと三番目の音節を強調して発音する連中もいた。とはいっても、所長がこの巨大魚に似ている点など、少しもなかった。怒りっぽくて、落ち着きのない、この小男を前にすると、みんな、こんなちっぽけな体から、どうしてこれほどのエネルギーが出てくるのだろう、パリの大物公証人なのに、こっちがふつう思い描いているイメージと、どうしてこんなにちがっているのだろうと、いつも不思議に思うのだった。ただし、この父親の後を継いだ息子のほうは、型どおりになった。がっしり大きくて、少しばかり腹の出た、貫禄のあるタイプなのだった。

　昔の思い出話がとぎれると、アルマン・ティクシエは、自分たちを支配している連中をまた毒づき始めた。食後のコーヒータイムに、アルマンはデカフェを注文した。心臓に悪いので、カフェイン入りはだめだという。そして、自分の不機嫌さを吐露するのをやめると、エチエンヌの顔をじろじろ眺めながら、「リラはおまえに惚れていたんだ」と、きっぱりいった。

「リラだって?」

「リラ・ペルルミュテール〔ユダヤ系の姓である〕だよ」

「リラ・ペルルミュテール?」

「わかっているくせに。彼女は、俺なんか目じゃなかった」

アルマン・ティクシエは、はるか昔の嫉妬心に火がついて、こだわっているのだろうか?

昼食が終わり、昔なじみの二人は別れを告げた。一人はステッキを手にして、もう一人はステッキなしで。俺たちはこの先、いつかまた会うことがあるだろうか? たぶん、もうないだろうな。なにしろ、この歳では……。

それから何日間か、エチエンヌ・パロは、かつての同僚アルマンはなにがいいたかったのだろうと、思いをめぐらせた。リラ・ペルルミュテールか。名前だけは覚えていたものの、そんな女のことなど、さっぱり浮かんでこない。それでも、必死に記憶の糸をたぐって、ようやく、彼女のオフィスの場所を思い出した。エチエンヌのオフィスの廊下を直角に曲がって、突き当たりの部屋だった。二人は同じ四階で働いていたのだ。四階は書記たち、それも平《ひら》の書記たちの階だった。筆頭書記たちは、下のもっと偉い階に、バラクーダのすぐ近くに固まっていた。

エチエンヌは彼女の特徴をすこしばかり思い出した。背はさほど大きくなかったが、すらりとしていた。でも、スリムだったのだろうか、それとも痩せぎすだったのだろうか？　カールした黒い髪の毛をセミロングにしていた。瞳の色となると、なにも覚えていなかった。たしか、眼鏡をかけていた。声は？　彼は人の顔を覚えるのは苦手でも、声はしっかり覚えているタイプの人間だった。何年も前、何十年も前に知り合った相手でも、その人物の声の調子や抑揚などを忘れなかった。相手の記憶で、もっともはっきり残っているのが、その声なのだ。所長は鼻にかかった声をしていた、まちがいない。しかしながら、リラ・ペルルミュテールの声となると、記憶から失われていた。

彼女とは、どんな関係だったのだろう、仕事以外に言葉を交わしたりしたのだろうか、いっしょにコーヒーかなんか飲みに行ったのだろうか、あれこれ考えてみた。懸命に記憶をたどるたびに、別の人間の面影がぼんやり浮かんでは、すぐに消え去っていくだけで、リラ・ペルルミュテールのことは、それ以上思い出せなかった。

それから何日も経った。なかなか眠れずうつらうつらしていると、突然、ひとつの記憶が蘇ってきた。細部にいたるまで、はっきりした思い出だった。

リラとエチエンヌが、同じ案件を担当したことがあった。ある会社の解散の件だったが、とても複雑なケースで、一刻の猶予もならなかった。ものわかりが悪くて、細かなことにうるさい顧客を相手にしているうちに、いつのまにか事務所の閉まる時間も過ぎていた。それは、どんより曇ってじめじめした、なんともいやな十二月のある日のことだった。この相談は、どの部屋で行われたのだろうか？　会議室の大きなテーブルに書類一式を広げてしたのだろうか？　自分の部屋でだろうか？　それとも、廊下の突き当たりのリラの部屋でか？　そういえば、仕事をしている間に、掃除の女が部屋から部屋へと忙しく立ち働いている音が聞こえていた。顧客が帰った時には、時刻は九時を過ぎていたはずだ。たしかリラは、自分のコートとマフラーを取りに行ったんだ。ということは、相談は彼女の部屋で行われたのではない。そうだ、リラは、一階のロビーのところでエチエンヌに追いついたのだった。

ふと彼女に、こう持ちかけた。

「いっしょになにか軽く食べに行かないか？　ぼくがおごるから」

誘ったとき、彼女がひとり暮らしなのか、そうではないのか知っていたはずだし、私生活についても、最低限の情報は手にしていたにちがいない。ところが、なにも覚えていない。ただし、ひとつだけ忘れられないことがある。それは彼女の返事だ。

「夕食には行けないのよ。だって、今日は〈キプール〉〔「ヨム・キプル」。ユダヤ教の贖罪の日〕、断食の日ですもの」

「でも、断食の時間は過ぎたじゃないか！」

彼女は、ちゃんと別の言い訳を見つけていた。

「わたし遠くに住んでるのよ、ルヴァロワ〔パリ市外、十七区の外側〕なの」

こういうと彼女の姿は、あっというまに見えなくなった。

リラがからんだ別のエピソードとか、なにか別のちょっとしたトラブルなどを、思い出そうとしてがんばったが、なにも浮かんでこなかった。なのに、あのおかしなティクシエの奴ときたら、「リラはおまえに惚れていたんだ」なんていいやがって！

リラとのことを、これ以外に思い出すことができなくて、自分の記憶力に腹が立ち始めた。人生の大部分を過ごした、あの公証人事務所では、恋愛沙汰だって二つや三つは経験していた。そこで、相手の女たちの名前や、顔や、会話や、身体や、セックスの場面などを思い出そうとした。ところが、女のシルエットが浮かんだかと思うと、曇った窓ガラスに指先で描いた絵みたいに、たちまち消えてしまうのだった。名前はなんだったっけ？ 名前もまた、記憶から消え失せていた。彼はパニックにならないように必死だった。過ぎ去った日々のもっとも心地よい瞬間の数々を、官能の喜びや、時には激しい情熱までも共有した女たちのことを思い出して楽しむことができないなら、こんなに長生きしてなんになる！ よくいうように、やっぱりメモでも取って、リストや目録を作成しておくべきだった。そうすれば、思い出すのに役立ったはずだ。みじめな結果を前にして、彼が感じたのは、自分が過去を忘れてしまったということではなかった。むしろ、過去のほうが自分のことを忘れかけている、そう思うと、彼はなんだか、とても空しい人生を過ごしたよう気がした。

1　フランス南部。県庁はカオール、巡礼地ロカマドゥールなどがある。

長い物語のための短いお話

わたしはふと思った、すべてを語る必要がはたしてあるのかと。

（フリオ・コルタサル「悪魔のよだれ」[1]）

彼女は、かつてアルゼンチンに移住したものの、そこから戻ってきた、ベアルヌ地方〔現在のピレネー＝ザトランティック県。中心都市は後出のポー〕の一族の出だった。あちらで財をなしたかどうかは、どうもはっきりしない。自分は十七世紀ヴェネツィアの作曲家の血を引いているともいっていた。たしかに、アルゼンチンにはイタリア人がたくさんいた。

黒い髪に黒い瞳、そして、いつも日に焼いているみたいに浅黒い肌。そのくちびるは、忘れがたいほほえみをくっきり浮かべるためにできていた。ブエノス・アイレスの街ですれちがうような、すらりとした肢体の持ち主だった。

彼女にはブロンドの妹と、二人の弟がいた。

父親のことは絶対に話さなかった。死んだのだろうか？　いなくなったのだろうか？　母親は、ポーの住宅街で下宿屋をしていた。

そういえばジョージ・エリオット[2]は、「人は、始まりという虚構を採り入れないとなにもできない」と断言している。では、彼らの物語の始まりとはどんなものだったのか？　たぶん、次のようなものだ。老嬢たちが運営する学校の年少クラスで隣り合っていたのだ。とはいえ、もしも彼が受賞者の名簿を取っておかなければ、二人ともなにも覚えていなかったに決まっている。名簿で、彼女が服装と礼儀の賞をもらったことを知ったのだ。それだけだった。

二人が本当に知り合ったのは、十何歳かになってからのこと。「でぶのレオン」というどら息子の友だちがいて、自宅の屋根裏部屋にたまり場をつくって、両親が心配してもいけないから、男の子も女の子も、とにかく選び抜かれた友だちが集められたのだ。

これを〈クラブ〉と称して、みんなで音楽を聴いたりしたが、たいていはレイ・ヴェンチュラ〔一九〇八－一九七九。フランスのジャズ・ピアニスト、バンド・リーダー〕、アルゼンチン・タンゴ、キューバのルンバなどのレコードだった。でも、マンサード屋根の部屋は、踊るにはちょっと狭すぎた。《ラ・クンパルシータ》

《アディオス・ムチャーチョス》といったタンゴが、〈クラブ〉や、壁に貼られたスポーツ選手の写真、映画のポスター、友情や芽生えたての恋愛といったものが、いずれは過去のものにすぎなくなる日のノスタルジーを、あらかじめ奏でていた。このタンゴの歌詞によって、ぼくたちは、ぼくたちを待ち構えていることをすでに知っていた——「さよなら、子供たちよ《アディオス・ムチャーチョス》」ということを。

その家は、ポー川に架かる橋を渡って最初の建物だった。その何年か前、まだ思春期にもならない子供時代に、でぶのレオンは早くも仲間を集めて、鉄道模型で遊んだり、愛用の映写機パテ・ベビーで、チャップリン、マック・セネット[3]など喜劇映画の短編を観たりしていた。夕方近くになると、男も女もみんなで、県庁の前を闊歩《パセオ》することもあった。わざとすれちがったり、引き返したりして楽しむのである。

〈クラブ〉の幹部で、でぶのレオンの両脇を固めるのが、ファブリスとジャンの二少年。ほかの連中は、仲間といっても脇役なのである。ぼくたち田舎のブルジョワジーは、ものすごく若い時分から、序列の感覚をそなえていたのだ。

この序列において彼女は最高の美女、〈クラブ〉で、いやたぶん町でも、もっとも欲望をそそる女にランクされていた。

彼女はファブリスと「しっくり行ってた」し、その妹はジャンとうまくやっていた。といっても、未熟な恋愛にすぎない。さしあたり、だれも異性を知らなかったのだ。

みんな、写真が好きだったし、写真の現像そのものが好きだった。〈クラブ〉には小さな暗室まであった。

ある日、ファブリスはガールフレンドをそこに連れこんで、すでにかなり豊かなものとなっていた彼女のバストをあらわにして、愛撫することができた。これを大変な事件に仕立て上げると、あけすけに語った。それはキスとは別物なのだった。ほとんど超人的な試練を乗り越えたようなものだった。

彼らは遊び半分で映画の撮影もした。ファブリスはいずれは映画人になるつもりだったし、ハンサムなジャンは、スターになるはずだった。

これらの映画でも、写真と同じく、彼女はほほえんでいて、いつでもいちばん美しく映っていた。

彼はといえば、何枚かの写真をその後もずっと持ち続けていた。そのほとんどは、少年少女たちが「クラブ」の屋根裏部屋や、公園、庭などに集まっている写真で、〈クラブ〉が本当にあったこととの証拠ともいえた。

〈クラブ〉以外にも、彼には二、三の仲間はいた。彼女のこと、その美しさ、その比類のない魅力について、彼らにしょっちゅう話していた。仲間は呆れかえっていた。たかが女のはなしだろ、で、どうしたというのだ。

ある日、母にこういわれた。

「今晩は〈クラブ〉に遊びに行って欲しくないの。さっき、あなたのおばあちゃんが死んだと連絡があったの」

〈クラブ〉の仲間たちの一部、特にファブリス、ジャンと二姉妹は、コリウール〔地中海に面した港町、海水浴場〕で夏を過ごした。彼がいっしょに行くなど論外だったから、これが不満のひとつとなった。

コリウールから戻ってくると、ファブリスは、自分の彼女が移り気で、二十歳のおやじたちに惹かれたりすると不平をこぼした。危ないし、破廉恥じゃないかというのだった。

彼は幼なじみのアントワーヌと始終会っていた。アントワーヌは〈クラブ〉の一員ではなかった。そして彼らは、いつもいっしょにいる二人の女の子と付き合い始めた。共にエリーズという名前だったから、それを区別するために二人は、リゼットとリゾンと名乗ることに決めていた。最初にリゼットがアントワーヌを誘惑したので、リゾンは負けじと彼を選んだ。リゾンはみごとなブロンドをしていた。母親がポーランド人で、父親はフランス軍のベテラン大佐だった。無意識のうちに、また、ときには強く意識して、アントワーヌとリゼット、彼とリゾンという四人組を、ファブリス、ジャン、黒い髪をした最高の女の子とブロンドの妹という、はるかにステータスが上の四人組の代用品のようなものだと考えた。

やがて彼がバカロレアに受かって間もなく、両親はとんでもない不運に見舞われ、家族は崩壊した。父親も、母親も、破産と屈辱を味わった町から離れて、それぞれいずこにか去って行った。

大学で勉強を続けたいなら、寄宿学校の舎監かなんかをして稼がなければならず、その職を求めて、どこにでも行く必要があった。これをきっかけにリゾンは彼を捨てた。数日のあいだ、ひどく落ちこんだ。思わず、むせび泣いてしまった――まるで少年に戻ったみたいに、母親の目の前で。このことが、ずっと恥ずかしかった。

監督教師を探しているプラデス〔東ピレネー県の町、ペルピニャンの西。ポーからだと二五〇キロメートル以上か〕の高等小学校の求人を受けることにした。ピレネー地方の東側に出発する段になって、彼は流謫の身となったような気持ちを強く感じた。望郷の念が収まってきたのは、何年も経ってのことだった。

かつての仲間から手紙を受け取ると、自分が生き返った思いがした。だが連中は筆不精だし、忘れっぽかった。手紙など、めったに来なかった。ときどきファブリスが便りを寄こした。映画を作るという夢のようなことを考えていて、シナリオで手を貸してくれないかというのだ。便りにかこつけて、彼は恋愛の悩みごとを打ち明けてくるのだが、まるで彼のことを、雑誌『マリー・クレール』〔一九三七年に週刊誌として創刊され、人気を博した〕の身の上相談欄かなにかと思っているみたいだった。たまに、〈クラブ〉の頃の恋人のことをほのめかすこともあった。彼女は自分とよりを戻したいと思っているだろうが、正直いって、興味はないんだといっていた。

一九三九年のある日、ファブリスがまた彼女のことを書いてきて、「悲しい知らせ」があると告げた。黒髪とブロンドの二人の姉妹が大事故に遭ったという。車が電柱に衝突して、電線が車体に落ちてきた。ブロンドはだいじょうぶだったが、黒髪のほうは感電した。数日間の昏睡状態の後、意識を取り戻したものの、話せなくなったというのだ。

心理学の勉強を始めていた彼は、フロイト――ステケル[4]もそうだけど――からすると、口のきけない女は死の象徴であることを知った。

何の因果か、同じ頃に、でぶのレオンも父親の車を、大きなビュイックを運転していて事故を起こしていた。複雑骨折だった。

仲間たちは、ばらばらになっていた。ことばを発しなくなった彼女がたったひとりで、引きこもっている姿を、彼は思い浮かべた。

その年の九月、戦争が始まった。召集されるだろうが、いつだかは不明だ。とりあえず、その頃はポーから近い町に住んでいた母親のところに身を寄せた。ポーまでの距離は四十キロ、自転車でもバスでも大したことはない。はたしてなにが、この道のりへと――巡礼ともいえたかもしれないが――駆り立てるのか？　それはまさにノスタルジーだった。

何度か行こうとしては引き返したあげく、彼女を訪ねようと心を決めた。彼女のところに行くなんて、初めてのことだ。アパルトマンはポーの中心部にあった。下宿屋はすでに売り払われていた。

彼と再会して、彼女はうれしそうだった。あのほほえみを浮かべると、紙に「とてもうれしいわ」と書いた。

彼の記憶では、この日の彼女はひとりだった。母親、ブロンドの妹、弟たちはどこにいるのだろうか？

彼にはもはやなにを話したらいいのか、わからなかったものの、口のきけない彼女に会うために、彼がときどき故郷の町に戻ってきた、この時期ほど、二人が仲が良かったことはなかったと思う。彼のことばに耳をかたむけて、彼女は紙切れにいくつかのことばを書いて返事をするのだった。

　彼はこれらの紙片を集めて保存しておかなかったことを、あとになって悔やんだ。

　二人が並んで座っていた幼稚園時代のこと、女の先生たち、マドモワゼル・マリーとマドモワゼル・テレーズという二人の老嬢のことを思い出そうとつとめた。優しいから、マドモワゼル・マリーのほうが好きだったと、彼はいった。もっとも、彼女はこんな話に興味がなさそうだった。

　それでも、彼女もびっくりしたはずの思い出を語ってみた。はからずも彼が張本人となってしまった大騒ぎの話を。

「うちでは、リタという名前の牝のフォックステリアを飼っていたんだ。ぼくはすごく可愛がってた。ある日、なんて説明すればいいのかな、犬の嗅覚ってすごいじゃない？　で、リタは家を抜け出して、通学路をたどって教室まで入ってきたんだ。ぼくが悪いみたいに、先生に叱られた。泣かなかったけどね」

　この話をしても、彼女は少しも覚えていなかった。

　こうして、昔暮らした町を短時間訪れていたある日、リセの校長先生にばったり会って、なにをしているのか聞かれた。

「別になにも。召集を待ってます」

「実は復習教師が必要なんだ。きみにぴったりだろ、とりあえず」

彼は思いがけぬチャンスだと思った。

「願書を出してくれないか。きみを推すから」、校長はいった。

おそらく校長が強力に推薦してくれたおかげで、彼はボルドーのリセ・モンテーニュ〔名門である〕の復習教師に任命された。大成功だ！　前線に出発するまで何週間かあるから、それまで自習監督をして過ごせばいい。実際、アキテーヌ地方の首府での滞在は、短期間ではあったが、とても快適なものだった。新しい友だちもけっこうできた。

ボルドーの大劇場の近くに、ロシアの食料品店があるのに気がついた。いや、本当は、店の正面に「スオミ」とあるから、ロシアではなくフィンランドの食料品店だったのだが、大男が経営していて、こわいくらいだった。理由はわからないものの、彼女がロシアのものならなんでも好きなことを彼は思い出した。復活祭の休暇のとき――これが召集前の最後の日々になりそうだった――、ケーキを買って持って行った。彼女は紙切れに書いたことばで喜びを表した。

ベアルヌ地方、アルゼンチン、イタリアが混じっていて、おまけにロシア世界への愛。その多様なエキゾチシズムが、彼女の魅力を増していた。ロシアへの偏愛といえば、紙切れに「ゴンチャローフとペチェルスキーとはだれなの？」と書きなぐって、質問するので驚かされた。というのも、そのころの彼は全然知らなかったのだ。彼は調べてみると約束した。それにしても、「旧教徒」を描いた大河小説の著者ペチェルスキーのことを、彼女に説明できた人間などいたとは思えない。[5]

とはいえ、彼女のおかげで、やがてあの忘れがたい作品『オブローモフ』[6]を発見することにもなった。

このようにして時間ができると彼女に会いに行った時期も、長くは続かなかった。復活祭のケーキを持参してまもなく、彼は召集され、戦争に翻弄されることになった。

そして何か月も経ったが、もはや便りもなかった。

一時期、彼は北アフリカに、ほとんどサハラ砂漠のなかにいた。

その場所で、めずらしく昔の仲間からの手紙が届き、失語症が治って、彼女が結婚したことを知らされた。

戦争があって、戦後が訪れた。彼はジャーナリストになり、結婚もしていた。もっとも、その数か月後には、それが自分の人生で最悪の愚行だとわかっていたのだ。仕事に夢中で、妻をなおざりにしていた。現地取材に出かけていないときも、新聞社に寝泊まりしていた。妻が男を作った。彼と別れて、愛人を選ぶのだろうか？　考えをまとめるために、妻は田舎の両親のところに去った。

ちょうどその頃、使い走りの少年から、ご婦人が会いに来ていますよと告げられた。訪問者が記入するカードに、彼女の名前があった。結婚後の姓ではなかった。それだとわからないと思ったにちがいない。彼女は旧姓を、彼が昔からずっと彼女のことを思ってきた名前を書いたのだった。

それにしても、彼がジャーナリストとなり、この新聞社に所属していることを、どうやって知ったのだろう？

彼女のほほえみは少しも変わっていなかった。こめかみのところに小さな傷跡があった。その声というか新たな声は、少し低くこもった、ためらいがちのものになっていた。彼は、彼女がことばを失う前の、かつての声の抑揚を思い出そうとした。

彼女はウィーンに住んでいるとのことだった。夫は連合軍占領下のオーストリアで、フランスによる管理の一翼を担っているという。パリに立ち寄ったところだった。

面会を早く切り上げる必要があった。新聞の発行は待ったなしだ。でも、二人には話すことがいくらでもあった。夕方、オデオンの近くのカフェで待ち合わせることにした。

たそがれの薄明かりのなかで並んで座って、二人は打ち明け話を交わした。〈クラブ〉やおたがいの青春時代のことは話題にならなかった。それはずっと遠い昔のことではないか。現在の人生とは少しも関係ないのだから。

まず彼女が口を切った。家族のなかは、悪いことばかり。ふざけて「母上さま」と呼んでいたが、彼女の母親は癌で死にかけている。ブロンドの妹は狂人と結婚した。本当に気がおかしくて、入院させる話も出ているとのこと。とはいっても、優しい人なので、見捨てるのは論外だという。弟たちも困っている。戦時中に「SOL（フランス義勇軍親衛隊）」、つまりヴィシー政府の民兵隊に加入していたのだ。

ウィーンでは、音楽に夢中になったという。歌劇場も再建されて、しょっちゅう行くとのこと。リセでは劣等生で、本を読むのもあまり好きではなかったけれど（ならば、ゴンチャローフやペチェルスキーはどういうことなのか？）、オペラは大きな発見だったという。ウィーンのおかげよというと、彼女は「わたしは音楽がわかり始めたの」と付け加えた。もっとも、彼女の先祖だという、ヴェネツィアの音楽家の話は出なかった。

それから、夫のことを嘆いた。ギャンブルが好きで、彼女の財産をすべて使い果たした。もうひとつ、思いがけない不満をこぼした。夫はレジスタンスの活動家だったのよ、というのだ。

彼はあやうく、「ぼくもレジスタンス活動家だった」と口を開きかけたが、ぐっとこらえた。考え方が正反対だと、二人のあいだには越えがたい溝が生まれるのだろうか？　いつかは、そうなるかもしれない。

彼はむしろ、自分の不幸を打ち明けた。妻とは不仲で、逃げられる寸前なのだと。

この告白は、さっきの話とも、このあとの話とも関係なかったが、彼女は自分にとっても不思議なままの過去への思いに沈んでいるようだった。

「結婚した日、なぜだかわからないけど、わたしはすごく泣いちゃったのよ」

彼はタバコの火を消した。カフェの長椅子で二人は身を寄せた。彼女が頭をかたむけて、彼の肩の上に置いた。

こうして二人は明白な事実の前に屈した。恋に落ちていたのである。

「わたし、とてもしあわせ」、新しい変な声で彼女がいった。

「ぼくたちはついてなかったんだ。いっしょになっていれば、うまく行ってたはずなのに」

この最初の夜、彼はためらうことなく彼女を、イタリア広場近くの小狭いワンルームに連れて行った。住宅難で、やっと見つけた部屋だった。

彼は彼女の下着に驚かされた。なんだか変な形をした、クリーム色のシルクの下着を揃いで付けていた。

彼は、若いころから、というか幼稚園のころから夢見ていた、彼女の肉体をくまなく探険した。いや、いくらなんでも、幼稚園のころからではなかったのだが。

浅黒い肌の、得もいわれぬ香りよ。

翌朝、彼女を東駅まで送った。

彼はこの恋に夢中だった。自分の青春時代を思い起こした。両親の零落、ファブリスとジャンの傲慢さ、リゾンにぽいっと捨てられたこと、ずいぶん屈辱の分け前にあずかってきた。とても不幸であったのに、なぜまた、そんな町を懐かしむのか？　けれども、いまや、この町で最高の美女、もっとも賛美され、もっとも望まれた女性が自分のものなのだった。

でも、そのあとがなんてまぬけなんだ！　思い返すたびに、自分はなんて愚かなんだという気持ちがつのる。妻に手紙を書いてしまったなんて。すべて解決した、恋人とうまくやってくれ、こっちも、若いころ好きだった女と再会した、失ったと思っていたのだが。そう、すべては解決したんだ、と。

すると妻は、始発の列車で戻ってきたのだ。まるで手紙が病気の引き金になったみたいに、病床に伏せった。以前はむしろふっくらしていたのに、見る見る痩せていった。彼は悔やんだ。

この先どうなるのか、だれもわからなかった。

遠いウィーンにいるもう一人の女性が、手紙を書いてくる。もちろん、宛先は新聞社である。ずいぶんと凝った、くねくねした奇妙な筆跡で書いてきた。手紙の最後にはかならず、「あなたのことばかり思っています」と書いてあった。

こうして、間遠な逢瀬、時間のやりくり、聞くにたえないことばで恋人をののしる妻との喧嘩からなる、長い年月が始まった。

細君の前で、メトロの一等車〔現在はない〕の切符を出すという失態を演じてしまった。かくして、あなたは、あのあばずれ女といっしょに一等車にゆったり座ってるのね、それにひきかえ、わたしなんかは、ぎゅうぎゅうづめで臭くてたまらない二等車で充分なのよねと、がみがみいわれた。

彼は大恋愛なるものの正体を知った。夜も眠れず、神経がピリピリしているではないか。それまでは、なにがあろうと眠れていたのに。この愛が彼に不眠症をもたらしたのだった。

東駅に到着した彼女は、ラ・ファイエット通り〔東駅と北駅のあいだにある長い通り〕のホテルにチェックインする。このホテルの部屋で、彼は彼女と落ち合う。一度だけ、別のホテルに、グラン・ブールヴァールにより近い、モンマルトル通りに宿をとったこともあった。

スキーで足を骨折した彼女が、ギプスをはめて、英国製の松葉杖をついて現れたこともあり、それでも二人は愛し合った。

〈クラブ〉の男女は、よく日曜日を山で過ごしたのに、どうして、いっしょにピレネーでスキーをしたことがなかったのかと、二人はふしぎに思った。

彼女には、新聞社の同僚たちを紹介した。有名な作家でもあった編集長が、二人を昼食に招いた。浅黒い肌の色のせいで、この新顔の女性のことを「きみのプルーンちゃん」と呼んだ。色恋がわかっていた彼は、「きみが欲している彼女と来いよ」と誘ってくれたりした。この親切な作家は、彼ががんじがらめの状況にはまり込んでいることを知っていて、助けようとしたのだ。彼の苦しみの一端を引き受けよう、とでもいわんばかりだった。

オペラ以外のウィーンでの暮らしについて、彼女はあまり語らなかった。

コメディ＝フランセーズの正面にあるオテル・デュ・ルーヴル[7]の前を歩いていると、「わたし、このホテルで生まれたのよ」と、彼女が大きな声でいった。ただし、パリの由緒あるホテルで生を受けたという奇妙なできごとについて、これ以上は教えてくれなかった。

映画《天井桟敷の人々》〔一九四五年公開〕を観たことがないというので、バスチーユ広場の映画館に連れて行った。脚本ジャック・プレヴェール、監督マルセル・カルネの、この映画を再上映していたのだ。

やがて時が経つにつれて、バスチーユ広場を通ると、その後なくなってしまった映画館のこと、《天井桟敷の人々》のこと、この午後のことをかならず思い浮かべるようになった。

彼女がパリに来るたびに、二人は、いつかはいっしょに暮らそうと約束を交わした。彼は妻と、彼女は夫と別れて。だが、この約束は不吉なもので、二人の愛をむしばんでいった。

こうして何年もが経過した。

新聞社の八階にある、テラスに面した小さなカフェまで連れて行って、子供が生まれるんだと告白した。「そうなの」とだけ、彼女がいった。

めずらしく、ウィーン暮らしで起こったちょっとした事件のことを話してくれたことがある。友人たちと（本当は、恋人と？）郊外にハイキングに行ったという。そして大胆にも、ソ連の占領地区に入ってしまったらしい。捕まって、掘っ立て小屋のようなところに何時間も拘束された、すごくこわかったけれど、おもしろかったという。

ウィーンに兄弟がいる、ある映画人から、彼女のうわさを偶然聞いたこともある。この兄弟のサクセス・ストーリーは有名だった。自動車の車体研磨用のブラシを発明して、一財産作ったのだ。だれもが、車に一本はこのブラシを欲しがった。

とはいえ、たしかに映画人の兄弟とブラシのことは、パリでも有名ではあったが、いったいなぜ、彼女の名前が、パリの映画界にまで届いているのだろうか？

彼女がパリにやって来るのも間遠になっていた。「あなたのことばかり思っています」で締めくくられる風変わりな筆跡の手紙も、めったに届かなくなった。

本当に消えてしまったのかと思うと、また彼女は姿を現した。

だが、ラ・ファイエット通りのホテルの部屋に彼を上げることはもはやなかった。二人はカフェで待ち合わせた。

カフェに先に来るのは、ほとんどいつも彼だった。彼女がカフェの扉を押して、いつに変わらぬ軽い足取りで進んでくるのを待ちかまえた。それから、彼女の声がする。彼女の新しい声だと、彼は思った。事故の前の声の思い出をずっと抱き続けていたからだ。

やっと妻と別れた、同僚の別の女性と暮らすつもりだと告げた。今度も彼女は、「そうなの」とだけいった。

昔の約束がついに実現したものの、相手は別の女性だった。はたしていうべきかどうか、しばしためらったあげく、いわざるをえなかった、うそ偽りのない気持ちを。

「ぼくはきみ以外の女性を愛したことはないんだ」

彼女の夫がウィーンを離れた。オーストリアの占領統治〔一九四五年四月から一九五五年十月まで〕が終了したのだ。彼女も夫につき従い、夫婦はパリの東三十キロほどの郊外に身を落ち着けた。夫は自動車関連の仕事を手がけているらしかった。

もはや二人が会うことはあまりなかった。でも、不意に電話をかけてきた。彼は相変わらずジャーナリストで、ラジオもやり、シナリオも書いて、少しばかり名が売れ始めていた。新聞で彼の名前を読んで、それで電話してきたのかなと思った。

彼は本を書くようなこともあったが、彼女がそれを読んで感想を話したという記憶はない。もっとも、彼女に献本した記憶もない。ずいぶん後になってから、彼女がでぶのレオンと結婚し、彼とのあいだにも関係があり、そしてスペインで第三の男と消えてしまうというフィクションを書いた〔『黒いピエロ』（一九八六）のこと〕。

ふたりの逢い引きはだんだん稀になった。彼がトロカデロ広場のカフェまで会いに行くと、彼女が「キスしてくれないの」といった。彼は身体をかたむけて、くちびるを彼女のくちびるに重ねた。「こういうんじゃなくって」といわれた。

彼女は毎週パリに来ていたが、彼に会うためではなかった。マダムたちとブリッジを楽しむためだ。元大臣の細君などもいるらしい。印象づけるために、こういったのだろうか？　どうでもいいのにと思った。

あるとき、新聞がハンドバッグからはみ出ていたことがある。極右の週刊新聞だった。二人の物語について思い出せることは、どんな細かなことも省かずに、すべて書いておくことをルールとして課したからには、このことも語っておく必要がある。そして、ひとつの疑問がわき上がったのだ。つまり、粗悪な紙に印刷された紙名だけで、これほど長期間にわたるラブストーリーを抹消し、無価値だと決めつけ、無視するに充分だろうかと。

彼の生き方も支離滅裂なものになっていた。彼のことを以前から知っている女性ジャーナリストが文学に挑戦して、『ビショップの動き方』[8]という小説でこれを取り上げた。彼だとすぐわかる書き方だったが、そのことで腹を立てはしなかった。憤慨する権利など、ありそうになかった。彼は心のなかで、「ぼくは失敗を重ねているだけなんだ」としばしば繰り返していた。ずっと長いこと、電話が途絶えていたけれど、ある日、彼女の声だとわかって驚いた。「ねえ、ジャンが死んだのよ」、こう彼女は告げた。

彼らの思春期における、あのファブリスの相棒で彼女の妹の恋人、映画俳優志望の美少年ジャンの人生は、公共工事を請け負う会社で過ぎていった。あのジャンが、彼女にとって青春時代の象徴だとわかった。

彼女からの電話は、これが最後だった。

ある年のクリスマスイブ、夕方、メトロのホームで、彼女が駆けているのを見た。かさばるけれど、軽そうな包みを抱えていた。ランプシェードかなんかだ。足早に階段を上がると、その姿が消えた。まちがいなく、クリスマスの最後の買い物だ。あまりに不意のことで、彼は近づくこともできなかった。

彼女の最後の出現に強い印象を受けて、彼はいろいろな本で何度もこのことを使ってしまったのだが、繰り返しの自覚はなかった。彼女のことも複数の作品で、ほかの女性とブレンドしたりして、なんらかの形で使ったのだが、その存在がすごく遠いものとなることは一度もなかった。

けっして頻繁ではなかったものの、青春を過ごしたポーの町に戻る機会もあった。幼稚園をまた訪れたいと思った。大きな教会の近くに、それは簡単に見つかった。入口の門がかなりいたんでいたとはいえ、その上に名前が読めた。彼は壁に沿って歩いてみた。

裏側にはなにもなかった。空き地が広がっていた。

かなり後になって、ウィーンに取材に行くことになった。彼女が暮らしていたとき、どれほどウィーンのことを夢見たことか！　歌劇場の周辺を歩いてみた。彼女がオーストリアを離れたのはずいぶん以前のことだけれど、「リング通り」で会えるような気がしてならなかった。おかげで彼は、青きドナウの流れを見に行くのを忘れた。

そのもっと後で、今度はブエノス・アイレスで、町の中心部にあるレコレータ墓地〔美しさで名高い観光名所〕を訪れたことがある。どの墓も礼拝堂になっていて、扉のガラス越しに、積み重ねられた棺が見えた。一本の小道に、突然、白と灰色の大理石のファサード、鉄格子の入った二つの窓、ガラス張りではない扉の上部に大きな十字架という、レコレータ墓地では珍しい墓が現れた。その切妻壁に彼女の名が、つまり彼女のファミリー・ネームが記されていた。ウィーンとブエノス・アイレスへ、まるで偶然が、過去の物語へのほのめかしを楽しんでいるみたいだった。

年をとるにつれて、彼は彼女がまだ生きているのだろうか、二人のうちどちらが先に死ぬのだろうかと、自問するようになった。

ときおり、別の疑問も脳裏をかすめた。二人ははたして、それがかなわぬだけに、余計にかけがいのない、情熱的な愛を実際に経験したのだろうか？　あるいはまた、彼が夢のようなことを思い描いただけなのだろうか？

そして彼は、こうも思い始めた。われわれの感情生活の失敗とは、あまりに長くなりすぎた人生のひとつの帰結なのだと。

パソコン上でときどき、「ハローページ」を検索することがあった。パリ郊外の彼女のアドレスが、少なくともその夫のアドレスが、画面にいつも表示されていた。やがてある日、コンピュータが、お探しの名前に合致するものは見つかりません、といった。

1　フリオ・コルタサル（一九一四－一九八四）は、パリで活躍したアルゼンチンの作家。「悪魔のよだれ」は短篇集『秘密の武器』（一九五九）に収録、アントニオーニの映画《欲望》の原作として知られる。

2　一八一九－一八八〇。イギリスの女性作家。小説に『サイラス・マーナー』『ミドルマーチ』など。

3　一八八〇－一九六〇。俳優・監督・プロデューサー。チャップリンを世に出した。

4　ウィルヘルム・ステケル（一八六八－一九四〇）は、オーストリアの心理学者で、フロイトの初期の信奉者。

5　「旧教徒」は、「分離派」「古儀式派」とも呼ばれる。一六五三年の「ニコンの改革」によって、ロシア正教会は分裂した。「旧教徒」は迫害され、辺境に逃れてコロニーを形成するなどして生き延びた。ペチェルスキー（一八一八－一八八三）の大河小説とは、『森のなかで』や『山中で』をさす。

6　ゴンチャローフ（一八一二－一八九一）の長編小説。オブローモフは主人公の独身貴族。「オブローモフ気質」といえば、無為徒食、怠惰の代名詞。

7　一八五五年のパリ万国博覧会に合わせて開業した「グランド・ホテル」で、現存。

8　Henriette Jelinek（1923-2007）による小説、『ビショップの動き方』*La Marche du fou*（1967）が、グルニエが働いていたガリマール社から出ているから、この作品のことだろう。

訳者あとがき

本書はロジェ・グルニエ（一九一九―二〇一七）による次の作品を訳したものである。

Roger Grenier, *Brefs récits pour une longue histoire*, nouvelles, Gallimard, 2012.

短篇の名手として知られたグルニエによる生前最後の短篇集である。グルニエの作品はエッセイも含めてかなり翻訳されてきたので、整理しておきたい。ここでは邦訳刊行の時系列にしたがってリストアップしてみる（原典の刊行年を〔 〕内に入れた）。

・『ライムライト』（谷亀利一訳、早川書房、ハヤカワ文庫、一九七四年。〔ノベライゼーション、一九五三年。チャップリンの名作のシナリオにもとづき、映画公開の翌年に書かれた。グルニエは映画の舞台となったロンドンまで取材に行っている〕

・『シネロマン』塩瀬宏訳、白水社、〈新しい世界の文学80〉、一九七七年。〔長篇、一九七二年。フェミ

ナ賞〕
・『水の鏡』須藤哲生訳、白水社、〈世界の文学〉、一九八四年。〔短篇集、一九七五年。アカデミー・フランセーズ短篇大賞〕
・『夜の寓話』須藤哲生訳、白水社、一九九二年。〔短篇集、一九七七年。その後、『編集室』と改題して、白水社、〈白水Uブックス〉、二〇〇二年、として再刊〕
・『チェーホフの感じ』山田稔訳、みすず書房、一九九三年。〔評伝、一九九二年〕
・『フラゴナールの婚約者』山田稔訳、みすず書房、一九九七年。〔四冊の短篇集から選んだ日本版のアンソロジー。なお、「フラゴナールの婚約者」は、山田稔編訳『フランス短篇傑作選』岩波文庫、一九九一年、に収められたものの再録〕
・『黒いピエロ』山田稔訳、みすず書房、一九九九年。〔長篇、一九八六年〕
・『フィッツジェラルドの午前三時』中条省平訳、白水社、一九九九年。〔評伝、一九九五年〕
・『ユリシーズの涙』宮下志朗訳、みすず書房、二〇〇〇年。〔エッセイ、一九九八年〕
・『六月の長い一日』山田稔訳、みすず書房、二〇〇一年。〔長篇、二〇〇〇年〕
・『別離のとき』山田稔訳、みすず書房、二〇〇七年。〔短篇集、二〇〇六年。なお「あずまや」は、池澤夏樹編『世界文学全集Ⅲ－06』河出書房新社、二〇一〇年、に再録〕
・『写真の秘密』宮下志朗訳、みすず書房、二〇一一年。〔エッセイ、二〇一〇年〕
・『パリはわが町』宮下志朗訳、みすず書房、二〇一六年。〔エッセイ、二〇一五年〕

・『書物の宮殿』宮下志朗訳、岩波書店、二〇一七年。〔エッセイ、二〇一一年〕

本書を含めると、全部で十五冊が翻訳されている。ノーベル賞に輝いたル・クレジオのようなメジャーな作家とは比較すべくもないけれど、グルニエは、フランスの現代作家のなかでも、主要作品を邦訳で読むことができる稀な存在なのである（長篇『冬の宮殿』、カミュの評伝などが未訳である）。このことは、わが国にはグルニエのコアな読者が確実に存在することを示している。

なお、翻訳以外にも、中級フランス語の講読用テクストが三点あって、学生諸君にも好評であった。飯島耕一・安藤元雄編『春から夏まで』（朝日出版社）と、わたしが編んだ『パスカル・ルヴィエールの青春』『スプーンの裏側』（ともに白水社）である。

ノルマンディのカーンで生まれたロジェ・グルニエは、少年時代をポーで過ごし、後年、ピレネー山麓のこの町を、代表作『シネロマン』『黒いピエロ』をはじめ多くの小説の舞台にする。バカロレア取得後、監督教師をしながらいくつかの大学に通い、パリではガストン・バシュラールについたという。一九四四年のパリ解放闘争に加わり、その後、『異邦人』（一九四二）の作者アルベール・カミュの知遇を得て、カミュと批評家パスカル・ピア（一九〇三－一九七九）――福永武彦訳『ボードレール』など――が仕切っていた《コンバ》紙の一員となる。こうしてジャーナリズムの世界に入り、その後、いくつかの新聞社やラジオ局で働いた。本人の表現を借りるならば、「三面記事ジャーナリスト」(『パリはわが町』「セバスチャン＝ボタン通り五番地」)として生きていく。たとえば、ヴィシー政府の軍事組織「フランス民兵団」を率いたジョゼフ・ダルナン(一九四五年に死刑)など対独協力者の裁判を、司法担当として徹底取材しており、これがやがて処女作の評論『被告の役割』(一九四九)ともなった。ガリマール書店の「希望」シリーズの一冊で、カミュが監修している。

グルニエは、書くことが好きだった。書くことに、自己の存在理由を見いだしていた。両親が買い取った「みじめな映画館」(もちろん『シネロマン』の舞台だ)のプログラムも書いたし、学生新聞にも書いた。兵士としてマルセイユにいた時には、娼婦たちの手紙も代筆したらしい。「結局のところ、いつだってわたしは書記なのだった」(『書物の宮殿』「文学好き」)と、ジャーナリストになった自分について述べているのだが、これはグルニエの短篇や長篇にもあてはまる。あの、やや突き放したような淡々とした筆致は、「書記」のスタイルだと思う。

若い頃にはゴーストライターもしていた。「著名な美容整形外科医」の回想を代筆したらしく(『書物の宮殿』「待つことと永遠」)、短篇「美容整形」は、この取材の産物なのであろう。邦訳では『フラゴナールの婚約者』に収められているが、そもそもは『沈黙』(一九六一)という第一短篇集の作品なのである。こうしてグルニエは、自分の経験を虚構として書き記すことに、情熱をかたむけていく。後年の『編集室』にも、若いジャーナリスト時代の経験がフィクションとして物語られている。

ジャーナリスト時代の思い出といえば、去年出た、決して厚くはない遺文集(*Les deux rives*,

Gallimard, 2022）に次のようにある。一九六一年七月一日にセリーヌが死去して、ごく内輪で葬儀が行われ、グルニエは《フランス・ソワール》紙の記者として取材した（参列者はマルセル・エーメ、ロジェ・ニミエなど）。そして四日には、最晩年のアイザック・ディーネセンことカレン・ブリクセン（一八八五―一九六二）――横山貞子の名訳『アフリカの日々』『七つのゴシック物語』など――をパリのホテルに訪ねてインタビューしている。ところが、セリーヌの死の翌日には、合衆国でヘミングウェイが猟銃自殺した。そこでグルニエは、セリーヌの記事を書きあげると、ただちに大西洋を渡ってアイダホ州のケチャムに直行、追悼のミサをラジオ用に収録したという。オーソン・ウェルズなど映画関係者もいたとのことだが、それにしても、ジャーナリストとしての多忙さに、そしてまた、取材対象が大物ばかりであることに驚かされる。

やがてガリマール社に入り、後半生は、この名門出版社の編集顧問として活躍する。その前後から、『待ち伏せ』『冬の宮殿』（共に未訳）など長篇を書くようになり、ポーを舞台としたほろ苦い青春小説『シネロマン』（一九七二）で「フェミナ賞」を受賞する。わが国ではあまり知られていないものの、ロマン・ロラン『ジャン・クリストフ』やサン＝テグジュペリ『夜間飛行』が、グルニエの少し前にはユルスナールの『黒の過程』が受賞した、由緒ある文学賞である（今世紀に入ってだと、ンディアイ『ロジー・カルプ』、シャンタル・トマ『王妃に別れをつげて』、パトリック・ドゥヴィル『ペスト&コレラ』など）。

わたしは観ていないが、『シネロマン』はテレビ映画にもなったというから、原作もかなり売れたのだろう。後年の作品では、拙訳がある愛犬エッセイ『ユリシーズの涙』もかなり版を重ねたようだ。とはいえ、これらは例外で、彼はお世辞にも売れる作家とはいえない。わたしはパリの巨大書店に行くと、かならず文学書のGの棚をのぞくようにしていたが、グルニエの本は、新刊を除けば大して並んでいなかった。にもかかわらず、自社すなわちガリマール書店から、ぽつりぽつりと作品を出し続けたのが、グルニエという作家だ。ガリマール社は多くの物書きを擁しているのだろうから、こうした特別扱いを受ける書き手もかなりいそうな気がする。むろん、本当のところはわからない。

ともあれ、彼自身はあくまでもジャーナリスト・編集者としてなりわいを立てながら、文学を書いていくのが、自分にはベストだと考えていたに相違なくて、そのような人生をまっとうした。ガリマール社では、所狭しと本が並ぶ書棚に囲まれた狭い部屋を確保していて、最晩年まで、毎日のように、近くの自宅から通っていたという。

ガリマール社で顧問として重きをなした彼は、長年にわたり、持ち込み原稿の審査にあたっていた。このことにまつわる興味深いエピソードをひとつ。

ポーリーヌ・レアージュの『O嬢の物語』(一九五五)は、わが国でも、澁澤龍彦の翻訳でよく知られている。わたしもバタイユ『マダム・エドワルダ』などとともに、河出書房の《人間の文学》シリーズで読んだ口だが、ポーリーヌ・レアージュなる作者の正体は長らく不明であった。かつてジャン・ポーラン(一八八四—一九六八)の恋人だった女性作家ドミニック・オリー(一九〇七—一九九八)が真の作者だと公表されたのは、彼女の最晩年のことにすぎない。

ところがグルニエは、ガリマール社の「出版原稿選定委員会」でオリーといっしょだった。ある日、出版候補に挙がったポルノグラフィーに関して、某委員が「これは『O嬢の物語』より良いね」と発言した。もちろん、オリーが作者だとは知らずに。すると彼女が「わたしがいるのに、ひどいわ」とつぶやいたという。先ほどの遺文集には、一九八六年のできごととして書かれている。

ジャーナリスト上がりの編集者たるグルニエは、文壇の表にも裏にも通じていただろうし、そうしたスタンスから書いた、思い出の作家たちのポルトレや逸話集もある(邦訳はない)。十七世紀にタルマン・デ・レオーという作家がいた。宮廷人や文学者などの素顔を伝える回想録『逸話集』で知られる。ガリマール社のプレイヤード叢書に入っているから、多読家のグルニエならば目を通しているかもしれない。フランスには、こうしたジャンルの伝統が息づいている。ただし、グルニエの筆致はタルマン・デ・レオーのようにいじわるではなく、むしろさりげない。

長篇『シネロマン』で知名度を上げたとはいえ、彼は本質的に短篇作家であった。実際、後期の『黒いピエロ』や『六月の長い一日』は「ロマン roman」と銘打ってはいるものの、決して長篇とはいえない。失意の人々、必ずしも人生がうまくいかない人々の心のうちに「書記」として寄り添い、その人生のひとこまを、短篇で、せいぜい中篇で、ぷつんぷつんと物語ることを続けた。「作家はごく普通の新聞記者のようなものです」(『チェーホフの感じ』)という、崇拝する短篇作家チェーホフのことばに、彼はずいぶん励まされたにちがいない。そして、百篇以上の短篇を残してくれた。

本書には、十三の短篇が収められている。最終作のタイトルの「短いお話 Bref récit」は単数形だけれど、全体のタイトルでは「短いお話 Brefs récits」と複数形になっていることに注意したい。すべての作品を組み立てれば、全体としてひとつの「長い物語」になりますよという含みであろう。

そこには、さまざまな人生の断片がくっきりと切り取られて、描かれている。カフェ・レストランの楽団で、毎晩、同じような演奏を繰り返している男が、ふと出会った娼婦を必死に探す話（「チェロ奏者」）もあれば、通信社で働く「わたし」が、短期間同僚であった男をふと見かけて、後を付ける話（「サンドイッチマン」）もある。ジャーナリスト時代に取材したという、忘れられた「ヴァンプ女優」ジーナ・マネスの告白も入っている。

人生を振り返って、自分を処罰すべく自殺しようとした老人の結末（「ある受刑者」）。そしてまた、「夫に付き添って」や「記憶喪失」といった、「老い」を主題とするやるせないショートショート。後期高齢者たるわたしは、「老いは、顔よりも、精神にたくさんの皺をつけるにちがいない」（『エセー』「後悔について」）という、わがモンテーニュの言葉を思い浮かべながら、身につまされる思いで読んだ。そしてふと、昔読んだ耕治人の「そうかもしれない」のことを思い出して、再読した。

あるいは、一九四四年八月十九日のパリ市民蜂起の日、レジスタンス活動家らしき男に、明日の朝〈オテル・マティニョン〉に合流せよとの指令を受けて、自転車で向かった若者の話もある（「マティニョン」）。

この短篇を読んでわたしは思い出す、一九四四年の八月十九日、グルニエ自身に起こったできごとを。主人公と同じく、彼もゴブラン界隈に住んでいた。レジスタンスに参加、自転車に乗って連絡役もしていた。そして『パリはわが町』「サン＝ジェルマン大通り」に拠るならば、この日、サン＝ジェルマン大通りでドイツ軍兵士に捕まって、銃殺されかけたのである。この話は『写真の秘密』にも出てきて、父親譲りのカメラを隠し持っていたせいで、捕まってしまったという（「フォクトレンダーの呪い」）。「マティニョン」という、少しくコミカルな短篇の影には、作者の実人生における危機一髪の「記憶」が秘められている。

「裏切り」は、若い恋人のエルミーヌが中年の教師ポールに、「わたしの家系には、自殺者が多いのよ」とくちぐせのように話すシーンから始まる。印象的な書き出しだが、ここでもグルニエの回想を思い出す。数日前に首を吊った美術史家のことが、ある批評家と話題になった。すると批評家が突然、「ぼくはね、自殺者の家系に生まれたんだ。父親や伯父たちが自殺しているんだ。だから、自殺にはとても注意深くなっている。自殺しそうな連中は、その前からぴんと来るんだよ……」と言い出したという（『書物の宮殿』「おさらばすること」）。「裏切り」の冒頭は、こうした「記憶」の変奏として読める。

最後の「長い物語のための短いお話」は、「彼」と初恋相手の美少女との交わりを、両者の人生の軌跡とともに描いている。それはグルニエ自身の人生とも重なり合っていて、「有名な作家であった編集長」は、《コンバ》紙のアルベール・カミュを想起させずにはおかない。本書で最長とはいっても、原書で十八ページほどだから、たしかに「短いお話」にすぎない。ポーの町で始まり、パリで終わるスケッチなのである。金持ちの「でぶのレオン」の家、〈クラブ〉と称する屋根裏部屋には、

「彼」と「彼女」も含めて、少年少女が集っている。ということは、つまり、忘れがたい名篇『黒いピエロ』と重なっているのだ。グルニエは「記憶」の変奏を好む。ぜひとも、『黒いピエロ』と読み比べてほしい一篇である。〈クラブ〉の暗室に、幹部のシャルルが「彼女」を連れ込んでという挿話は、『黒いピエロ』では「でぶのシャルル」のふるまいとして登場していた。この「記憶」は、写真エッセイでも当然語られるから、ほんの少しだけ引用する。

「わたしは思春期を迎えた。多くのクラスメートも写真に夢中になった。そのひとりなどは、暗室まで持っていて、[…]女の子と閉じこもるために利用した連中もいて、彼らはたぶん、そこで人生で初めて、女性の肉体を愛撫したかと思われる」(『写真の秘密』「ネガのヌード写真」)

夕方、〈クラブ〉のメンバーが「県庁の前を闊歩《パセオ》」することもあった」という、さりげない個所。これも、グルニエの代表作の一節を思い起こさせずにはおかない。「彼らは、夕方の六時から七時ごろにかけて、連れだって、県の庁舎の前の舗道をぶらつくのを常とした。つまり、この土地で《パセオ》と呼ばれている[…]自己顕示的な遊歩を」(『シネロマン』「流れ行く日々」)。

グルニエは、「記憶そのものがすでにして、一個の小説家といえる。[…]記憶を創作することは、記憶に忠実であることよりも、作家にとっては役に立つ。[…]どのモデルも、ただの口実にすぎない」(『書物の宮殿』「私生活」)と述べていた。「記憶」を創作の出発点として、これを作り替え、置き換えるようにして物語をふくらませていった。本短篇集には、そうした「記憶」というフィルターを通して、ほろ苦く、ときに残酷に語られる「短いお話」が集められている。そして「記憶喪失」では、そうした「記憶」そのものの老衰が語られる。かくして、「短いお話」の全体が、ひとつの人生という「長い物語」を表象しているかに読めてくる。

グルニエの虚構作品においては、エッセイをも含んだところの他の作品との微妙な重なり合いが大きな特徴なのである。一つの小さな主題が、作品やジャンルをまたがって反復・変奏されていく。したがって、グルニエの物語に魅せられた読者は、そうした「記憶」の連鎖や変容を求めて、さまざまな作品のなかを彷徨うのだ。こうした「記憶」の核は、彼の実人生と具体的につながっているわけだから、エッセイを読むときにも、彼の短篇・長篇が気になってくる。少数であろうけれども、幸福な愛読者は、「陽気なペシミスト」を自称するこの作家の魅力を、このようにしてゆっくりと味わっているにちがいないのである。そう信じて、グルニエの諸作品を引きながら、この「あとがき」を書き綴ってみた。

グルニエの翻訳者といえば、だれしも、作家でもある山田稔さんの名を挙げる。ポーの町で「第二の青春ともいうべき時」を過ごした山田さんは、グルニエ作品にこの土地がしばしば登場することに運命的なものを感じて、この作家に惹かれていく。そして、「因縁の糸に導かれるようにして」、『黒いピエロ』とも出会い、これを翻訳した(山田稔「もう一つの物語――ポー、グルニエ、そして私」『黒いピエロ』所収)。そんな山田さんと初めてお目にかかったのは三十年ほど前のこと。わたしが編んだグルニェの講読テキストを、山田さんも使ってくださったらしい。たまたま用事があって京都大学に行ったときに、グルニエ贔屓ということで、今は亡き松島征さんの仲介によって、山田さんとの初対面をはたし、三人で愉しいひとときを過ごすことができた。

山田さんは次々とグルニエを翻訳し、文学好きを喜ばせてくれた。やがて、わたしもグルニエのエッセイの翻訳を出すようになった。短篇も訳したいとは思ったものの、「山田稔訳のグルニエ」は定評のあるところだから（グルニエの翻訳で、小西財団日仏翻訳文学賞を受賞されている）、わたしなどの入りこむ余地はなかった。けれども、あるとき、もう翻訳は大変だからやらないと山田さんが話していると聞いた。どうやら、本当のことらしかった。そして幸運にも、最後の短篇集が未訳のまま残っていた。それが本書である。作者の没後になってしまったが、ようやくにして出すことができて、安堵している。山田稔さんと、みすず書房の編集者として山田訳グルニエの産婆役となった尾方邦雄さんに真っ先にお届けしたい。そして本書を、かつて『パスカル・ルヴィエールの青春』『スプーンの裏側』『編集室』を、装画や木口木版で飾ってくれた河内利衣に感謝の念とともに捧げたい。

白水社で編集の労をとってくれたのが鈴木美登里さん、実は、大学で山田さんに初級フランス語を習っているし、クラス担任でもあったとのこと。おたがいに、記念すべき一冊になりました。鈴木さんありがとうございました。

二〇二三年二月

宮下志朗

［著者］
ロジェ・グルニエ Roger Grenier（1919-2017）
フランスの小説家、ジャーナリスト、放送作家、編集者。
ノルマンディ地方のカーンに生まれ、フランス南西部のポーで育つ。大戦中はレジスタンス活動に関わり、戦後アルベール・カミュに誘われて「コンバ」紙の記者としてジャーナリストのキャリアをスタート。その後、ラジオの放送作家などを経て、1963年よりパリの老舗出版社ガリマールの編集委員を半世紀以上務めた。1972年、長篇『シネロマン』でフェミナ賞受賞。1985年にはそれまでの作品全体に対してアカデミー・フランセーズ文学大賞が授与された。刊行したタイトルは50以上あり、とりわけ短篇の名手として定評がある。邦訳は『編集室』『別離のとき』（ともに短篇集）、『黒いピエロ』（長篇）、『ユリシーズの涙』『写真の秘密』（ともにエッセイ）など。亡くなる直前までほぼ毎日ガリマール社内のオフィスで原稿に向かっていたが、2017年、98歳でこの世を去る。本書は生前最後の短篇集。

［訳者］
宮下志朗（みやした・しろう）
東京大学名誉教授。放送大学名誉教授。主な著書に『本の都市リヨン』（大佛次郎賞）、『書物史への扉』『神をも騙す』『モンテーニュ 人生を旅するための7章』など。訳書にラブレー『ガルガンチュアとパンタグリュエル』（全5巻、読売文学賞・日仏翻訳文学賞）、モンテーニュ『エセー』（全7冊）、グルニエ『ユリシーズの涙』『写真の秘密』ほか。

長い物語のためのいくつかの短いお話

二〇二三年三月一五日 印刷
二〇二三年四月一〇日 発行

著者 ロジェ・グルニエ
訳者© 宮下志朗
発行者 岩堀雅己
印刷所 株式会社 三陽社
発行所 株式会社 白水社
東京都千代田区神田小川町三の二四
電話 営業部〇三(三二九一)七八一一
編集部〇三(三二九一)七八二一
振替 〇〇一九〇-五-三三二二八
郵便番号 一〇一-〇〇五二
www.hakusuisha.co.jp
乱丁・落丁本は、送料小社負担にてお取り替えいたします。

誠製本株式会社

ISBN978-4-560-09490-7

Printed in Japan